名文探偵、向田邦子の謎を解く

鴨下信一

いそっぷ社

● 目次

第三章 豆絞りと富迫君――向田邦子の真実と嘘

第四章 男らしさへの嫌悪――向田邦子と戦争

第五章　もっと自由に、もっと辛辣に——向田邦子の小説①

第六章　神話的な構図——向田邦子の小説②

装幀／長坂勇司
協力／須澤書店

第一章

昔の昭和がここにある

――向田邦子と記憶

1 驚くべき「記憶力」

記憶の発火剤

こういう本を〈誰でもが知っていること・誰もが言いそうなこと〉から書き始めるのは、いたって気が利かないが、それでも向田邦子を書くには「記憶と記憶力」のことから始めなければならないだろう。

何といっても、彼女の最大の天からの授かりものは「記憶」だった。〈向田邦子は突然あらわれてほとんど名人である〉（山本夏彦）という文章力も、〈生活人の昭和史〉（谷沢永一）と称されたその内容も、あの「記憶力」があればこそだった。

ただ彼女にしても、そう何から何まで「記憶」していたわけではないだろう。自《おの》ずから「記憶」しやすいものがあり、「記憶」したかったものがあり、厖大《ぼうだい》な（意識するとしないにかかわらず脳内に蓄積された）「記憶」の中から蘇《よみがえ》らせやすいものがあった、と思う。

それは〈どういう記憶〉だろうか。これを調べることは、とても面白そうだ。

ぼくが「記憶」に興味を持つのは、ひとつには〈演出家〉という職業のせいだ。なにしろ、字が書けなければ文芸が成立しないように、まず俳優が台詞《せりふ》を覚えてくれなければ成り立たないドラマなるジャンルにずっとコミットしてきたおかげで、どうしても「記憶」のことは気になるのだ。

ところがこれが難物で、大昔から哲学者が、近代になっては心理学者、脳科学者が、よってたかって研究しても「記憶」の正体というやつがつかめない。学説は無数にあって定説がない。どういうメカニズムで〈ものが覚えられるのか〉、どうして〈記憶力に優劣があるのか〉、まるでわからない。

すこしはわかってきたのは、ものを思い出す、〈記憶をとり出す〉プロセスで、シロウトのザックリしたまとめでいえば、こうだ。

記憶は必ず〈何か〉といっしょに脳内に収納される。〈何か〉とは、その記憶の内容を見たり聞いたりした時、同時に経験した〈感覚、生理、とりわけその時抱いた感情〉のことだ。

だからある事を思い出せば、その時の寒かった暑かったの感覚も、嬉しかった悲しかったの感情も思い出す。これは日常よくあって、誰もが覚えがあるだろう。

しかしここが面白いのだが、逆に、ある感覚、ある感情の方を思い出しても（又は同じような感覚、感情を体験しても）、こんどはそのある事の方の記憶が蘇ってくる。

このあたりが、俳優の台詞の〈覚《おぼ》え〉とよく似ている。

なかなか台詞が入らない役者が「立稽古《げいこ》になれば自然に入りますよ」というのは強がりではない。稽古のこの段階になれば台詞を言いながらする、立ったり坐ったりの〈動作〉が加わってくる。で、この動作が逆に台詞を思い出させてくれる。「お前、生きてたのか」という台詞はト書き込みならば、「(立ち上り) お前、生きてたのか」だが、立ち上る動作《アクション》をすれば台詞の方は(思い出そうとしなくても) 自動的に出てくる。このプロセスが稽古《リハーサル》というものだ。

もっと稽古をつんでゆくと〈感情〉という強力な助《すけ》っ人《と》が現れてくる。台詞に伴って生れてくる役の感情が、こんどはその感情を自分の気持ちの中に再現できれば、台詞をひき出してくれるようになる。

感情に〈点火〉すれば、台詞（記憶の内容）が〈発火〉する——逆に台詞（内容）が発火剤となって感情や感覚が発火し蘇ってくることもある——これは相互作用なのだ。

で、これを〈記憶のフリント説〉といっている。フリントとは火打ち石のことだ。

向田邦子の記憶の〈フリント〉は何だろうか。

2 〈昭和の記憶〉を懐かしむ時代

記憶の連鎖で紡がれたエッセイ

向田作品、なかでもエッセイは記憶の宝庫で、特に第一エッセイ集『父の詫び状』は全篇「記憶」によって成り立っているといってもいいほどだ。

ただ、彼女が自分の「記憶力」について書いているのは数が少ない。その中で注目すべきは「ツルチック」（後日譚《ごじつたん》の「続・ツルチック」がある）と、「中野のライオン」「新宿のライオン」の二篇のライオンものだろう。

「ツルチック」は原稿用紙五枚半ぐらいの短いものだが、記憶再現のプロセスが完全にわかる。向田邦子は友人に三年前のアマゾン旅行の時飲んだカムカムという植物の実のジュース、薄紅色の淡い酸味のある飲物が美味だったことを話す――と、突然三十二年前、小学六年の時、父の赴任先の四国で飲んだツルチックと称する飲物のことを思い出す。

初夏の頃だったと思う。出張から帰った父は、家族を茶の間に呼び集め、新聞紙でくるんだ一升瓶を取り出した。レッテルは貼《は》ってなかった。父は自分で木の栓を抜き、濃い臙脂《えんじ》色の液体をコップに四分の一ずつ注ぎ分けた。母と祖母、私を頭《かしら》に四人の子供が食卓を囲んで、じっと見つめた。母が薬缶《やかん》の水を加え、私たちはそれを飲んだ。

記憶の発火点《フリント》はアマゾンで飲んだジュースだが、それを〈飲んだ〉時ではなく〈その話を友人にした〉時に記憶が蘇ってきたことが面白い。発火石《フリント》はよくこうした働きをする。

それにしても、木の栓とかレッテルのありなしとか、記憶の細部《ディテール》の蘇りがすごい。詳細さは、この記憶が事実あったことなのかを母親に確かめるところでは、さらに細かい。母堂も非常に物覚えのいい方だが（記憶力には遺伝形質があるらしい）、記憶がないという。

「でも、お母さんも確かに飲んだのよ」

あの時、お母さんはセルの着物を着ていた。柄は藤色と黄色の縞《しま》だった。コップは来客用の六角になったカットグラスだったじゃないの――記憶のあやふやな分だけ、私はムキになっていた。

思い出は一つ蘇ると、それからそれへと、下世話《げせわ》にいう芋《いも》づる式に浮んでくる。「ツルチック」

ではここから四国高松の高潮洪水の話になり、作っていた落花生の畑の水没全滅の話になり、落花生には馬糞《ばふん》がいいとなり、大通りを通る荷馬車から落ちる馬糞拾いの話になり、その最中に運ばれてゆく豚の大脱走の話になり……と続くのだが、こうした連鎖状の再生が記憶の重要な性質なのだ。

向田邦子の成功は、この記憶の性質をそのまま作品の構造に転用して、まとまった長いエッセイを書いたことだった。『父の詫び状』の諸作品はだいたいがこの〈記憶の連鎖〉の構造になっているが、なかでもっとも成功したのは「ねずみ花火」だろう。ここでは〈人の死〉に関する思い出が次々わき起ってきて、それがそのまま作品の卓抜な構成になっている。

そしてその最後にこうある。

　思い出というのはねずみ花火のようなもので、いったん火をつけると、不意に足許で小さく火を吹き上げ、思いもかけないところへ飛んでいって爆《は》ぜ、人をびっくりさせる。

向田邦子は記憶の性質をよく知っていた。

原点は「ツルチック」

「ツルチック」に注目するのは、これが昭和五十年に書かれているからで、『父の詫び状』の中でいちばん旧《ふる》い「薩摩揚」（原題「わが人生の薩摩揚」）が昭和五十一年二月に雑誌「銀座百点」に掲載されているから、それよりも旧い。向田の散文作品としては最初期のものだ。

この文章は「文藝春秋」（六月号だった）の巻頭随筆欄に載った。創刊時から今日までずっと続いている伝統・権威のある欄で、各号有名人の、そのまた中で文章練達の評判の士が選ばれて書くことになっていた。ただし原則専門の文筆業の人は書かなかった。ラジオ・テレビのライターは文章の面ではアマチュア扱いだったのが面白い。初登場の向田のポジションは、つまりはそんなところだった。五年後に直木賞（昭和55年度上半期）をとるなんて誰も想像してなかった。

知り合って十年以上（ラジオの「森繁の重役読本」を書いてる人だよ、と紹介してくれたのは森繁久彌さん本人だった）、最初のテレビの連続ドラマ『奇妙な仲』（昭44　新珠三千代・池部良・仲谷昇他）で作家と演出家という間柄に昇格させてもらってからでも六年は経っていたぼくは、彼女が台本以外にそんな散文の文章を書くなんてことも全然知らなかった。ただ、雑誌でたまたま読んだ「ツルチック」は、ぼくがいうのは偉そうだが、舌を巻く文章だった。

おそろしく昔のことを覚えている人だということは、しじゅう喋《しゃべ》り合っている時にイヤでもわかった。今は物覚えという点では考えるだに自己嫌悪に陥る衰弱ぶりだが、この頃はこちらも多少は記憶力を誇れた。これも自慢しているととられると困るのだが、話の行く**たて**上書いておく。

あの不幸な事故からだいぶ時間が経過しても、向田さんのマンションは置いてある道具は少し片付けられてもそのまま残っていた。ある雑誌がそれを生前そのままに飾りつけて再現した写真を撮りたいと企画を立てて、妹の和子さんのところへ行ったらしい。

和子さんは「ああ、それなら鴨下さんがいいわ」といったとかで、窓のカーテンはこんな模様で、それにくっつくようにタイだかカンボジアだかの銅の太鼓と称するものが小テーブル代わりに置いてあり、その上に赤絵の皿がもったいなくも灰皿用にのっけてあって……机はあるのだけれど執筆にはほとんど使わず、原稿は入口のキッチンテーブルの上で書く。その頭上の棚が向田さんのいちばん大事な本が置いてあるところで、それは「ゲーム大全」（実はあらゆる賭博の方法が書いてある）とか「祈願と呪《まじな》いのすべて」といった（たいていは雑誌の付録）雑本《ざっぽん》で、「こういうのが手に入らないのよ」となかなか貸してくれなかった……と思い出していったことがある。

後で部屋の全景写真が出てきたが、まあ大凡《おおよそ》は当っていて恥をかかずに済んだ。ただいつも坐った長椅子《いす》の後ろの壁がどうなっていたかだけが思い出せず、後ろに目がないのだから当り前だが、すごく寂しかったと、これは何かに書いたことがある。

向田さんとはよく記憶くらべのようなことをして話が盛り上ったが、これは自慢のためにするのではなく、いわば記憶のトレーニング、武者修行のようなものだった。こんなふうだったと例を挙げたいのだが、自分のことではないが、畏友《いゆう》の脚本家倉本聰《そう》氏と向田さんとの対談（『向田邦子全対談』所収）が丁度いい。一部を引用する。

倉本　弁当箱はなんといってもアルミニウムっていうか、アルマイトっていうか、ふたのほうに箸《はし》入れがあって、その箸入れのふたをスーッとずらすと、アルミニウムの箸が二本、細いのが入っていて……。

向田　カチッとしたようなね。

倉本　おふくろに頼んでどうしてもしてもらいたかったのが、パチン、パチンっていうおかず入れ。

向田　ふたの裏にゴムがついてんの。

倉本　そう。あれにカレーライスを入れてもらいたいというのが、もう本当に夢でね。（略）ところがおかず入れのパッキングがしっかりしてないと、カレーが出ちゃうわけね。

向田　もう出ちゃう、出ちゃう。

倉本　あれハンカチで包むでしょう。名前を墨で書いてあるハンカチで……。

向田　アッハハハ。

（略）

倉本　アルミニウムとアルマイトって違うの？

向田　アルミニウムに加工したのがアルマイトらしいのよ。たとえば、梅干しを入れて穴ぼこあいちゃうでしょう。

倉本　ほお!?

向田　知らないの？　それ常識よ。昔、梅干し弁当って、防腐の意味もあって真ん中に梅干しを入れたわけ。そうすると姉や兄や妹と三代ぐらい使うとアルミニウムのお弁当箱の上が酸化して穴があいちゃうんですよ。

倉本氏はぼくと同年、同学だが、向田さんとその愚弟たち（久世光彦《てるひこ》・山本直純《なおずみ》などもそうだった）はしじゅうこんな楽しい会話をしていた。

こんな記憶くらべの時はよく、どっちの記憶が正しいかで気まずくなるものらしいが、向田さんとはそうならなかった。

それは二人の〈記憶の型〉が異なるからで、ぼくのは〈画像型記憶〉、記憶が一枚の絵になって蓄積されるし、彼女のは〈陳述型記憶〉で、記憶は一つのストーリーとして覚え込まれるのだ。テレビの演出家と作家としては両方ともまことに好適だった。親に感謝しなければなるまい。型が違えば記憶の種類・内容も自ずから違ってくるからカチ合わないのだ。

それでも、記憶に少しでも疑いをさしはさまれるとムキになった。「ツルチック」に、

――記憶のあやふやな分だけ、私はムキになっていた。

とある通りだった。

『父の詫び状』を生み出すきっかけ

このことを実質的にはデビュー作のような「ツルチック」に書いてあるのは、何ともいえないほど印象的だ。すぐ後で書くけれども、向田邦子にとって記憶はあいまいであってはならなかった。それは本当のことであらねばならなかった。そのことを書くのがこの章の目的だが、まずは「ツルチック」が大成功のすべり出しだったことを述べておこう。

この小文の反響のすごかったことは「ツルチック」を単行本、第二エッセイ集『眠る盃』（昭54）に収録する時書き加えられた「続・ツルチック」にくわしい。「文藝春秋」六月号の発売されたその日の夜の八時から、ひっきりなしの電話が鳴り、手紙の束で郵便箱の蓋《ふた》がしまらないほどになった。「私も飲んだことがある」「本当の原料はこれだ」「ツルチックの名前入りの宣伝用トランプが一枚だけ残っています。お送りしましょう」等々。

記憶の懐かしさ、特に〈昔の昭和〉の記憶の懐かしさを読者が待ち望む時代になっていたことに、向田邦子は確《しか》とした手ごたえを持ったことだろう。すぐに始まった「銀座百点」の連載の中心に「記憶」を据えることに、ためらいはなかったはずである。『父の詫び状』の諸篇がこうして読者の目にふれることになる。

「記憶力」に関するエッセイではもう一つ「中野のライオン」・「新宿のライオン」（昭54）があ

る。後者は前者の後日譚だ。いずれも「別冊小説新潮」の春季号・夏季号に掲載された。これも雑誌掲載時に読んでいる。当時はこうした中間小説誌がまだまだ全盛だった。ぼくなども毎月出るたびに読んでいたのだ。

3　記憶違いの闇にひそむもの

二篇のライオン体験談

「中野のライオン」は奇妙な話だ。「ツルチック」よりはだいぶ長いが、それでも十五、六枚ほど。まず、世の中には不思議な瞬間があって、それを自分自身が目撃した体験談がマクラにいくつかあって、それからこう書いてある。

（略）二十代は杉並に住んでいた。日本橋にある出版社に勤め、通勤は中央線を利用していたのだが、夏の夕方の窓から不思議なものを見た。
　場所は、中野駅から高円寺寄りの下り電車の右側である。今は堂々たるビルが立ち並んでいるが、二十何年か昔は、電車と目と鼻のところに木造二階建てのアパートや住宅が立ち並び、夕方などスリップやステテコひとつになってくつろぐ男女の姿や、へたすると夕餉《ゆうげ》のおかずまで覗《のぞ》けるという按配《あんばい》であった。

（略）

当時のラッシュ・アワーは、クーラーなど無かったから車内は蒸し風呂であった。吊皮にブラ下り、大きく開け放った窓から夕暮の景色を眺めていた。

気の早い人間は電灯をつけて夕刊に目を走らせ、のんびりした人間は薄暗がりの中でぼんやりしている――あの時刻である。

私が見たのは、一頭のライオンであった。

向田邦子の記憶は例によって鮮明で、続けてこうある。

お粗末な木造アパートの、これも大きく開け放した窓の手すりのところに、一人の男が坐っている。三十歳位のやせた貧相な男で、何度も乱暴に水をくぐらせたらしいダランと伸びてしまったアンダー・シャツ一枚で、ぼんやり外を見ていた。

その隣りにライオンがいる。たてがみの立派な、かなり大きい雄のライオンで、男とならんで、外を見ていた。

文中に二十年前と書いてあって、初出は昭和五十四年だから、三十四年ごろの話と覚《おぼ》しい。

そんな馬鹿な、と言われそうで誰にも話してなかった、と続けて、

（略）気持のどこかで待っているものがある。

実は、二十年ほど前に、中野のアパートでライオンを飼っていました、という人があらわれないかな、という夢である。（略）つい最近も中央線の同じ場所を通り、同じように窓の外に身を乗り出して眺めて来たばかりである。

ところが、これが本当にいたのだ。その顛末《てんまつ》を書いたのが「新宿のライオン」で、立派な中年の紳士となっていた飼主の青年と嬉《うれ》しさのあまり〈新宿で盛大に飲んだ〉ので、この題名になった。


その夜、私達はライオンを語りながら、自分たちの二十年昔を、青春を懐しみ語り合ったのかも知れなかった。おたがいにまだまだ若く力もあり、無茶苦茶で相手かまわず嚙《か》みついていた。新宿も中野もまだ夜は暗く、これからという活気があった。


記憶が事実だとわかったこの続篇は「ツルチック」の後日譚と同じく、安堵《あんど》感と愉悦感に満ちている。

記憶している事実がもしなかったら、向田邦子は生きていられないほど苦しんだろう。いや、これは決してオーバーな言い方ではない。記憶は彼女にとってそれ程の存在だった。

共通する〈性〉の匂い

それでも細かい部分の〈記憶違い〉ということはある。

牡《おす》だと思ったライオンは、牝《めす》であった。

見えなかったが、ライオンのまわりには鉄の格子があった。電車の窓から見当をつけた場所も少し違っていた。二階だと思ったのは一階であった。

二十年後に確かめてみれば、これほど違う。しかし――

私のライオンは、やはりたてがみの立派な牡である。佝僂《くる》病なんかではない、動物園にいるよりMGM映画のタイトルより立派な牡ライオンである。大きく開け放した窓の手すりのところに、檻《おり》になど入らずに坐っている。

そのそばに、若い男がいる。

鋭敏な読者はすぐに、この〈記憶違い〉の中の〈性〉、〈性的含意《がんい》〉に気づかれるだろう。間違っているところには必ず〈性〉が介在している。

似たような経験は誰にでもあるだろうが、幼児が大人の歌の難しい歌詞を意味もわからず間違って覚え、成人してもまだ間違いの歌詞でそのまま唱《うた》うことがよくある。

「夜中の薔薇《ばら》」（昭55）はあの有名な「野なかの薔薇」の〈童《わらべ》は見たり　野なかの薔薇／清らに咲ける　その色愛《め》でつ／飽かずながむ　紅《くれない》におう／野なかの薔薇〉（訳詞／近藤朔風《さくふう》）を〈夜中の薔薇〉と覚え違いのまま唱ってしまう話である。曲はウェルナーとシューベルトと二つあるがシューベルトのほうだったそうだ。若い新聞記者と二重唱の時だったというのがミソである。

どうしてこう覚え込んでしまったのだろう。子供は夜中にご不浄に起きる。往きは差し迫っていたから気がつかなかったが、帰りに茶の間を通ると、夜目にぼんやり薔薇が浮んでいる。生れてはじめて花を見たような気がした。〈闇のなかでは花は色も深く匂いも濃い〉。ゲーテには申し訳ないが〈わたしは夜中の薔薇のほうがいい〉と向田は書く。

ところが後日友だちとこの話になったら、こういうことを言い出したのがいた。

夜中に童が見たものは、別の薔薇ではないかというのである。

子どもが見てはならぬ妖《あや》しいもの、という意味らしい。

残念ながら、私はそんな結構なものは見ていない。

おぼろによみがえるのは、夜中にご不浄に起きた帰り、茶の間で爪《つめ》を踏んだことぐらいである。

小学校三年か四年のときだった。

まだ足の裏も柔らかだったのか、爪は食い込んでうっすらと血が滲《にじ》んでいた。三日月の形をした爪の切屑《くず》は、大きさからいって大人の足の爪と判《わか》った。(略)私の踏んだのは父の爪に違いなかった。

ここにも〈性の暗喩《あんゆ》〉がある。こうなると同じ歌詞の間違いのことを書いた「眠る盃」(昭53)も調べたくなる。

これは「荒城の月」(詞/土居晩翠　曲/滝廉太郎)の〈春高楼《こうろう》の　花の宴《えん》/めぐる盃　かげさして〉がどういうわけか〈眠る盃〉になってしまう。子供のころ、客の多い家で、保険会社の地方支店長をしていた父が、宴会の帰りなど、なにかといっては客を連れて帰る。皆んなもう相当に酒の気が入っており、父は上きげんだ。

やっとお客様が帰って、祖母は客火鉢の火の始末をはじめる。私は客間にゆき、客の食べ残した寿司《すし》や小鉢物をつまみ食いする。みつかると叱られるのだが、どういうわけか、いつも酢だこばかり残っていた。

主人役の父は酔いつぶれて座ぶとんを枕に眠っている。母が毛布をかける。毛布の色はらくだ色である。そういう時、父の膳の、見覚えのある黒くて太い塗り箸のそばに、いつも酒の残っている盃があった。

これで「めぐる盃」が「眠る盃」になったというわけだが、いつもは読みとばしてしまうような箇所が、「夜中の薔薇」の引用部分と併《あわ》せて読むと、特に最後のところはなかなかエロチックである。なるほど子供はこんなふうに（男女としての）両親を見ているのか。

「眠る盃」は東京新聞（10月9日）に載ったもので、新聞コラムだからごく短い。しかし向田はこれを選んで『父の詫び状』に続く第二エッセイ集の題《アンブレラ・タイトル》名にした。同じく「夜中の薔薇」もエッセイ集のタイトルになっている。彼女にとって〈覚え違いの歌〉は愛着と同時に何か重要な意味を持っているのだろう。

二篇とも秀作だが、もう一つ、これは直接歌詞の間違いでもなく（むしろ言い間違いとでもいうべきもので）、間違いは向田本人でもない。しかし非常に印象的な間違いがある。

「あだ桜」の妖しさ

それは父方の祖母の話で「あだ桜」（『父の詫び状』所収）で読める。

この人は向田家に引取られ、同居していた。特に邦子は、満二歳にならないうちに弟が生れたので、ずっとこの祖母と一緒の部屋に起き臥《ふ》しをして、お伽噺《とぎばなし》もこの祖母から聞いたという。〈当時の女にしては長身で、やせぎすの顔立ちの美しい人であったが、姿形にも性格にもおよそ丸みというものがなく、固くとがっていた〉。

この祖母は、未婚の母だった。つまり父の向田敏雄は、その当時の言葉でいうところの私生児だったのだ。父親の違う二人の男の子を生んだのだが、その長男の方である。

年をとってからは、よく働く人であったが、若い時分は遊芸ごとを好み、母が嫁いできてからも、色恋沙汰《ざた》のあった祖母であった。

見たい芝居、着たい着物、食べたいもの、そして好きな人には、自分の気持を押えることが出来ず、あとさきの考えなくそれを先にしてしまう。あとから、倍の苦労がくることを考えないところがあったらしい。

長男である父はそういう母親を最後まで許さず、扶養の義務だけは果して死に水を取ったが、終生、やさしい言葉をかけることをしなかった。祖母も期待はしていなかったろう。そういうあきらめのいいところがあった。

「やったことはやったことなんだから、仕方がないよ」

向田は自分の性格がどうも祖母からの遺伝のように思えてならなかった。この祖母がしじゅう

繰り返して教え、暗記させたのに親鸞《しんらん》上人の作といわれる、

明日ありと思ふ心のあだ桜

夜半《よわ》に嵐の吹かぬものかは

があって、覚えた三十一文字《みそひともじ》の最初だそうだ。祖母は浄土真宗の盛んな能登の出身だった。最近になって、と向田は続ける。こんなに毎晩お経のようにこの歌を唱《とな》えさせたのは、〈ひょっとしたら自分にいってきかせていたのではないかと思うようになった〉と書いた、その後のところが素晴しい。

末の妹に、「浦島太郎」のはなしをしているのを横で聞いた記憶がある。

祖母は、浦島太郎が竜宮城へゆき、乙姫様のもてなしを受けたはなしをしてから、

鯛《たい》やひらめの舞い踊り

ただ珍しく面白く

月日のたつのも夢のうち

という浦島太郎の歌を義太夫《ぎだゆう》で鍛えた低い声で歌ってから、浦島太郎が亀の背中にのって浜辺へ帰り、あけてはいけない玉手箱をあけるところで、

「浦島太郎は、白髪のおばあさんになってしまいましたとさ」

といったのである。

私は、
「おばあさんでなくて、おじいさんでしょ」
といったが、ほどきものをしていた祖母は私の声が耳に入らぬらしく、和バサミを持った手をとめ、この人にしては珍しく放心した顔で返事をしなかった。

この間違いも、何やらどこか〈性的〉なものを匂わせる。

記憶の間違いは、けっこう恐ろしい暗闇をその後ろに引きずっていると思うのだが、実は記憶そのものもその背後にあるものを探ると、深遠な何かが見えてくるものだ。次はそのことに移る。

この記憶違いの話はまずはここまで。向田作品の〈性〉については、後にテレビドラマ『幸福』を中心に一章を設けてある。

日本人の食卓の原風景

この祖母の思い出も、書き出しは〈朝食の風景〉から始まっていて、小学生の向田は、お櫃《ひつ》の上にノートをひろげ、国語の教科書を見ながら宿題の「桃太郎」の全文を、間に合わないのでベソをかきながら写し取っている。祖母は、青い瀬戸の大火鉢《ひばち》で海苔《のり》をあぶり、大人は八枚に、子供は更にそれを二つに切ったのを、海苔のお皿とよんでいた九谷《くたに》の四角い皿に取り分けている。

ごはんのお代りのたびに私はノートを持ち上げ、手を休める。お櫃のふたをとると、鼻の先に赤んぼうのおむつを開けた時のような湯気が立ちのぼった。

こういう箇所を読むと、今も衰えない向田邦子の人気の秘密がわかるような気がする。懐かしい日本人の食卓の原風景をこんなに適確に掲示してくれる作家は他にいない。

記憶は……この祖母の握ってくれる俵《たわら》型のおむすびがぎゅっと固くて、遠足へ持っていっても型崩れしないこと、水筒の栓も固く固く締めるので開けられず、いつも先生に頼んで開けてもらっていたこと、お櫃の赤銅《あか》のたがが顔に映るほど光り、木の肌がささくれだっているのは、祖母が奥歯を噛みしめてたわしを使って洗いたてるからで、三尺帯を結んでもらうときも力一杯締め上げるので苦しくてしょうがなかった……こう拡がってゆくのだが、最初の食事の記憶が、祖母の性格の記憶にまで至るのがよくわかる。

向田邦子の記憶再生の最大の火打ち石《フリント》は〈食べ物〉あるいは〈食べること〉だった。味覚ばかりではない。御飯や味噌《みそ》汁から立ちのぼる湯気も、カレーの匂いも、皿小鉢の模様も、すべてが記憶のフリントとなった。

彼女が（グルメというと嫌がったが）食いしん坊であったことは、幸せだった。しばしば美味《うま》い店でご馳走《ちそう》になり、自宅では魔法のように手早く出来てくる小皿料理（そのまま赤坂「ままや」の献立に残った）を食べ、卓上の小曳出《ひきだ》しの「う」の段（うまいもののう）に山のようにある新聞・雑誌の記事・広告、メモ、レッテルの類《たぐい》をひっかき廻して諸国の名産を教わり……と直接の恩恵もさることながら、多くのエッセイの名品を読める幸せは、当人の食いしん坊にある。

それは、忘れられた懐かしい味の再現に止《とど》まらず、〈食べること〉をフリントにしてさまざまの記憶を蘇らすことの出来る作家向田邦子の資質にあった。

しかしまあ、たしかに祖母譲りの性格なのだろう。原稿をおっぽり出して、遠く関西、あるいは東北と、うまいものと聞けば食べに行ってしまうのに、こちらはいくら泣かされたことか――。


食べ物の話はいくらでも続けたいのだが（動物ビスケット、英字ビスケット、鈴カステラ、新《にい》高《たか》ドロップ、金平糖《こんぺいとう》、切り餡《あん》、木ノ葉パン、芋《いも》せんべい、棒チョコ、茶玉、梅干飴《あめ》、玉子パン……今も「お八つの時間」に出てくる菓子が次々頭に浮んできて困っている）、そうもいかない。〈食〉をフリントとする記憶が向田作品のいちばん多くを占めることは誰も異存がないだろう。しかしこれを第一類とすれば、量・質ともに同じくらい重要な、いやそれよりもずっとシリアスな、第二類のグループがある。

この類では記憶をひき出すフリントというよりは、記憶といっしょに脳内にとり込まれる〈ある物《サムシング》〉が問題になる。いわば記憶のアウト・プットより、記憶のイン・プット、記憶する時の心理状態がとりあげられねばならない。

向田邦子はどういう気持で、ものを記憶したのだろうか。

もう一つ、「あだ桜」の朝の食卓の情景の中で、小さい邦子がノートに写している宿題が童話の「桃太郎」であることは、ちょっと記憶にとどめておいてもらいたい。桃太郎は当人も童話の中でいちばん好きだといっているが、向田邦子を読み解く一つのキーワードに違いないのだ。

これも後にもっとよく考えてみよう。

第二章

やってみたいが〈私には出来ない〉

――向田邦子の倫理

1　峻烈な裁判官

卑屈、という裁断

祖母が亡くなったのは、戦争が激しくなるすぐ前のことだから、三十五年前だろうか。私が女学校二年の時だった。

通夜の晩、突然玄関の方にざわめきが起った。

「社長がお見えになった」

という声がした。

祖母の棺のそばに坐っていた父が、客を蹴散《け》らすように玄関へ飛んでいった。式台に手をつき入ってきた初老の人にお辞儀をした。

それはお辞儀というより平伏といった方がよかった。当時すでにガソリンは統制されており、民間人は車の使用も思うにまかせなかった。財閥系のかなり大きな会社で、当時父は一介の課長に過ぎなかったから、社長自ら通夜にみえることは予想していなかったのだろう。それにしても、初めて見る父の姿であった。

物心ついた時から父は威張っていた。家族をどなり自分の母親にも高声を立てる人であった。地方支店長という肩書もあり、床柱を背にして上座に坐る父しか見たことがなかった。それが卑屈とも思えるお辞儀をしているのである。

私は、父の暴君振りを嫌だなと思っていた。

母には指環《ゆびわ》ひとつ買うことをしないのに、なぜ自分だけパリッと糊《のり》の利《き》いた白麻の背広で会社へゆくのか。部下が訪ねてくると、分不相応と思えるほどもてなすのか。私達姉弟がはしかになろうと百日咳《ひゃくにちぜき》になろうとおかまいなしで、一日の遅刻欠勤もなしに出かけていくのか。

高等小学校卒業の学力で給仕から入って誰の引き立てもなしに会社始まって以来といわれる昇進をした理由を見たように思った。私は亡くなった祖母とは同じ部屋に起き伏しした時期もあったのだが、肝心の葬式の悲しみはどこかにけし飛んで、父のお辞儀の姿だけが目に残った。私達に見せないところで、父はこの姿で戦ってきたのだ。父だけ夜のおかずが一品多いことも、保険契約の成績が思うにまかせない締切の時期に、八つ当りの感じで飛んできた拳骨《げんこつ》をも許そうと思った。私は今でもこの夜の父の姿を思うと、胸の中でうずくものがある。

『父の詫び状』所収の「お辞儀」。さまざまのお辞儀が描かれる中で、心に残る一節だ。(実は、ぼくはこのエッセイを読むのが気が重い。途中で向田さんが、お母さんが乗った飛行機が落ちないようにと祈るところや、「向田です。私ただ今旅行に出ております」という最後の声が残ったあの留守電メッセージをはじめて取付けた時のことが書いてあるからだ。）

心に残る一節ではあるけれど、それだけで済む一節ではない。そういう情緒的な感想以上の問題を含んでいる。

父の平伏する姿を見た幼い邦子の心の中には〈ある倫理的な判断〉、いやまだ子供なのだから判断ではあるまい、〈ああいうのは嫌だなあ、という感情〉のようなものだったかもしれない。それが生れた。

いや、この言い方も充分ではない。嫌ではなくて、もう少し複雑な〈こういうお辞儀をしなければならない親に対する何かの気持の芽生《めば》え〉も含まれている、といい直した方がいい。なにしろ邦子は賢い子供だったのだから……。

ここまでが引用の前半である。

後半は、これは大人になってからの、というよりはこのお辞儀の記憶をくり返し反芻《はんすう》しながら成人した向田邦子の〈倫理判断〉といえる。

ちょっと断っておきたいのだが、いま書いている〈向田邦子における倫理〉とは規範的道徳といった固苦しいものではない。〈気持がザラッとする〉〈気が重くなる〉〈何かドキリと心が痛む〉……こういうものすべてが〈倫理〉の範疇《はんちゅう》に入るのだ。

ただこの〈ザラッと〉〈ドキリと〉は彼女の心に深くもぐり込んで根を下《おろ》す。倫理のレベルにまで深く、重く、といってもいい。これが少女時代から大人に至るまで一貫した向田邦子の〈性格〉だった。

いや、大人になってからよりも、少女の時のほうがこの性向は強かった。お辞儀の光景はこの倫理感情と共に彼女の記憶の中に収《しま》い込まれた。後で例を出すが、向田邦子の記憶はほとんどが（大なり小なりと但し書きをつけておく）この〈倫理問題〉と関係している。強い倫理的ショックを受けると、その事件が強烈に記憶に焼きつくのだ。彼女の幼少時記憶が異常に鮮明なのは、少女時代の倫理感情が、これも尋常でなく強かったからだ。

もう一歩進んだもの言いをすると、まず彼女は〈倫理的裁断〉を下《くだ》す。この場合なら〈（父が）卑屈とも思えるお辞儀をした〉の、卑屈という裁断である。これも後の例を見ていただくとわかるが、彼女は実に峻烈《しゅんれつ》な裁判官になる。ただ、この秋霜烈日さはブーメランのように彼女自身に返ってくる。あの裁断ははたして正しかったか、という〈反省〉の形で。

倫理感情の〈池〉

この反省は、父のお辞儀の記憶を反芻する度に行われたに違いない。ではその記憶の再生（心理学はうまい言葉を使う、「記憶の呼び出し」というのだ）は何をキッカケに行われるのか。前の章でおわかりのように、それは倫理感情がその役目を果す。あの目撃した光景と共に心の中に収い込まれた感情である。

興味深いのは、この倫理感情は必ずしもあの父のお辞儀を見た時の感情（ああ、これは卑屈だとか、こうした卑屈を強要する社会的身分差別への憤慨《ふんがい》だとか）と同じものでなくてもいいということだ。倫理感情の〈池〉には、さまざまな〈倫理問題〉が起きれば、さまざまな感情が投げ込まれる。いろいろなものがごったになっているこの池に何か小波《さざなみ》が立てば、あの父のお辞儀の記憶を呼び出すキッカケになる――これが記憶のメカニズムの面白いところだ。

エッセイ「お辞儀」の中で、父のそれの前に置かれているエピソードは母親のお辞儀である。特に病院での子供たちの見舞いに対するお辞儀は、この記憶の蘇《よみがえ》りのメカニズムに非常に明確な示唆を与えてくれる。話はこんなふうだ。

満七十歳になった母が、心臓の調子のよくないことがあって検査入院した。最初はしごく機嫌がよく〈三度三度の食事の心配をしないで暮すのがいかに極楽か、看護婦さんがいかにやさしいか〉を、夜の電話で長々とご報告になる。そのうち、だんだん威勢が悪くなって電話も来なくなった。慌《あわ》てて子供たち四人がそろって見舞いに行くと、「見舞いの来ない患者もいるのに、こうやってぞろぞろ来られたんじゃお母さんきまりが悪いから当分はこないでおくれ」と演説しながら〈見舞いにもらった花や果物の分配を始める。押し問答の末、結局私達は持ってきた見舞いの包みより大きい戦利品を持たされて追っ払われる〉。

「本当にもうこないでおくれよ」

くどいほど念を押しエレベーターに私達を押しこむと、ドアのしまりぎわに、

「有難うございました」

今までのぞんざいな口調とは別人のように改まって、デパートの一階にいるエレベーターガールさながらの深々としたお辞儀をするのである。


子供たちは大笑いしながら〈涙ぐんでいるお互いの顔を見ないようにして〉歩いてゆく。この時の母のお辞儀、〈自分が育て上げたものに頭を下げる〉ことは、一つの倫理問題で、〈子供としてはなんとも切ない〉倫理感情を抱く。この倫理感情は父のお辞儀の時のそれとは違うものだけれど、父の記憶を呼び出すには充分なのである。

おそらくこうした創作プロセスをへて（もしかすると逆で、父の記憶から母の記憶が引き出されたのかもしれないけれど）、二つの記憶と感情はエッセイとして紙面に定着したのだろう。

2　シビアな人間観察

容赦のない性格

もう一つ例を挙げよう。
性急な裁断と迫られる反省との例は「卵とわたし」の中にある。

子供のけんかというのは、今になって考えれば全く他愛《たわい》のないことだが、その頃は真剣だった。私は、告げ口をした、という理由で、Bという女の子と口を利《き》かなくなった時期がある。Bは陽《ひ》の当らない三軒長屋のまん中に住んでいた。母も兄も結核で、Bも胸のあたりが削《そ》げたように薄かった。成績は芳《かんば》しくなかったが声は美しいソプラノで、学芸会にはいつも一番前で、独唱した。私は、うしろでコーラスをしながら、Bのセーラー服の衿《えり》が、すり切れて垢《あか》で光っているのを見ていた。

口を利かなくなってから遠足があった。お弁当をひろげている私のところにBがきて、立ったまま茹《ゆ》で卵をひとつ突き出している。押し返そうとしたがほうり出すようにして行ってしまった。返しにゆこうとして手にとると、卵がうす黒く汚れている。よく見たら卵のカラに鉛筆で、

「あたしはいはない」

と書いてあった。

この後のことが何も書かれず、エピソードがここで終っているのが、真相がわかった時のショックとその結果の反省の深さを語っているが、それにしても前半の裁断部分の苛烈《かれつ》さがすごい。襟の汚れの箇所など容赦がない。

この性格は向田邦子にしても、手に負えなかったのではないか。

それは大人になって社会に出ても変らなかった。同じ卵の記憶、同じ「卵とわたし」にある次の挿話は——。

卵にも大と小がある。

勤めていた出版社がつぶれかけて、私達は毎朝出勤すると、近所の喫茶店に出掛けて、対策を協議していた。

月給は遅配。著者に支払う原稿料は半年も滞《とどこお》っている。小企業の悲哀を味わいながら、転職

するか、踏みとどまるかの議論の中で、モーニング・サービスについてきた茹で卵がばかに小さかった。誰かが、

「やっぱり小さいとこ（会社）の人間には、小さい卵を出すんだなあ」

とふざけたら、店の女主人が飛んできてムキになって説明をしてくれた。

卵には大卵、中卵、小卵、極小卵という規格がある。モーニング・サービスは、予算の関係で、小さいのを使うんです。と、ケースごと見せてくれた。みごとに小さい卵がならんでいた。

いつ茹でたのか、冷たかった。

むくと、卵が古いのか、茹でかたがまずいのか、ツルリとむけず、皮に白身がついてきた。私はその頃から、ラジオの台本を書き始めたのだが、人生の転機というか、ひとつの仕事と次の仕事の、レールのつぎ目の不安なところに、小さくて冷たいでこぼこの茹で卵があった。

なるほど、こういうことで人生の針路は決まるのか。向田ファンにとっては慶賀すべき出来事だったが、考えようによっては、この神経の鋭さは、この鋭さがこっちに向けられたらと思うと、ややたじろぐところがある。

モーニング・サービスの卵の大小に文句をつけるのは、たしかに〈卑しい〉、もっと卑俗な言葉のほうが的を射るだろう、〈セコい〉ことだ。

こういうのは、あの人は大嫌いだった。

なぜ小説に向かったのか

向田邦子の倫理とは、あえていえば好悪の念、好き嫌いに基づくといっていい。もう一つ例を挙げる。「卵とわたし」は、『父の詫び状』の最後に収められているが、次の話は『無名仮名人名簿』の中にある。「黒髪」という。


女がひとり髪をとかしていた。

髪は長くお尻のあたりまであった。量もたっぷりあり、手入れもいいのであろう、見事な艶《つや》をしている。女は両足を踏んばり、鏡から離れたところに立って、長い髪をおすべらかしのようにひろげ丁寧に梳《くしけず》っている。その人はびっくりするほど背が低かった。足も短く、美しいとはいえない形をしていた。食堂か何かの従業員であろう、うすい紺の上っぱりを着ていた。鏡に写った顔も、さほど美しいとはいえない。若くもないようであった。彼女はサンダルをはいた足をさらにひろげ、大きく首をふって後へとかした髪の毛をパッと前へおろした。

踊りの鏡獅子《かがみじし》である。

今度は見事に形のいい襟足《えりあし》があらわれた。彼女はまた丁寧に前にたらした髪をすいている。ドアは何故《なぜ》か大きく開いたままである。

それはそのまま、ひとつのショーであった。この人は、髪の毛だけが生き甲斐《がい》なのであろう。一日のほとんどを、恐らくキッチリと縛って、白いスカーフか何かで包み隠していたであろう髪の毛を、仕事を終え洗面所の鏡の前で大きくひろげ誇らしげに梳ることで、他のひけ目を全部帳消しにすることができるのである。

あのドアは壊れてはいなかった。

こうした〈一点豪華主義〉も向田さんは嫌いだった。この「黒髪」にはもう一つ、髪だけを誇りにする女の人のエピソードがあって、さらに、こう続く。

一点豪華主義というのだろうか、すぐれたひとつだけを、とりわけ大切にして暮している人がいる。

ほかはまったくかまいつけないが、指だけは綺麗にマニキュアをしている人がいる。明らかに脚を計算に入れて服を選び、スカートの丈を決め立ち居のポーズを作る人も知っている。胸の形が自慢でいつも同じ形に大きく胸を開けた服を着ている人もいる。この人の襟刳《えりぐり》は毎年五ミリずつ大きくなっている。麻薬や香水と同じで、少しずつ量がふえる中毒症状があるのかも知れない。

ひどくしつこい。さらに〈「秘すれば花」ではないが、人に誇るただひとつのものがあるとしたら、それはおもてにあらわすより隠しておく方が幸せになるような気がして仕方がない〉とか〈幸せなひとは、たったひとつの欠点を気に病むが、あまり幸せでないひとは、たったひとつの自慢のタネにすがって十分楽しく生きていけるのであろう〉と念押しがある。

どうもこれは買えない。

もし向田さんが生きていて、あのトイレの鏡獅子の女の人の書き方はちょっと可哀想じゃない、も少し同情して書いたら、と言ったら何と答えるだろうか。

実は、同じようなことを小説を書きはじめた当時の彼女に言ってヒドイことになった覚えがある。

「向田さんは小説を書くようになって、書くものが意地悪くなった」とつい言ってしまったのだ。それ以後電話がしじゅうかかってくる。「あれ、読んでくれた？　あれも意地悪い？」「あれもやっぱり意地悪に見える？」

この攻撃にはまいった。彼女も気にしていたのだ。

それでも、ぼくは彼女がテレビからエッセイへ、そして小説へと少しずつ仕事を広げシフトしていったのには、このことが影響していると思っている。

テレビドラマというエンタテインメントには、どうしても人間の観察をそんなにはシビアにしては成立しないところがある。

それはスポンサーの問題とか視聴率とか、よくいわれることが主な原因ではなくて、もっぱらドラマが集団の創作物であることに由来しているのだ。この世界では作品の中の人間のいわば審判を〈一人の裁断〉〈一人の好き嫌い〉で押し通すことは、それが作家（脚本家）であっても出来ない。演出家もいるし俳優も多くいて、勝手はさせないぞと異議申し立ての機会をうかがっている。

向田さんは、どうもこの制約がうっとうしくなったのだろう。散文（エッセイ）なら個人単位の創作だから……と、病気（乳癌《がん》）で多作が出来なくなったのを機に、そちらを増やしていった。

ところが、次の章でそのことは考えようと思うのだが、エッセイは作者の身の廻《まわ》りにあったことをそのまま書くものだと、つまりはノン・フィクションだと受け取るのが通例だったから、ここでも人間を厳しく描くのには限界があるなと、彼女は感じたらしい。

小説への興味と転向には、こうした必然があったと思っている。フィクションにしてしまえば、いくら厳しく描いても許されるだろう。

さて、トイレの黒髪の一件の向田さんの言い訳は見当がつく。

「だって鴨ちゃん、あれは美しくないもン」こう答えるに違いない。

ぼくの雑記帳には、何処《どこ》でどう読んだか忘れたが、いい文句だと思って書き留めたものが並んでいて、時々そこから拝借するのだが、その中に「倫理にはいつでも、美学が並行しなければならないでしょう」（円地文子『遊魂』）というのがあった。
まさに向田邦子の倫理はこれだった。

3 生活の〈美〉にこだわった理由

美しさに欠ける行為

倫理と美感は、彼女の中でいわば〈貼り合わせ〉になっている。「あたしはいはない」卵の事件の中で、どうして襟の汚れやうす黒い卵の表面が描かれねばならなかったかがいい例である。

向田邦子がどうしてああも、生活の中の〈美〉にこだわり、知識も造詣《ぞうけい》もあるなおその上に、研鑽《けんさん》を怠《おこた》らなかったかも、これでわかる。

誰からも何もいわれない強靭《きょうじん》な倫理で物ごとを裁断してゆくためには、研《と》ぎ澄《す》まされた美感が常時必要だったのである。それが向田邦子の宿命だった。

こう書いていると「私だって、自分の性格のことはわかってるわよ。ちゃんとその対価を払ってますよ」と、生き返った彼女にいわれそうな気がしてきた。頭のいい人だからちゃんと言い訳のようなエッセイを何篇も前もって書いている。例えば「拾う人」がそうだ。

これも『無名仮名人名簿』に入っている。どうやらこのエッセイ集がいちばん人間観察が辛《から》いような気がする。昭和五十四年から一年間「週刊文春」に連載されたものだが、その間に彼女の身に何かあったのかと調べてみても、よくわからない。ただこの期間に彼女は小説を熱心に書きはじめ、やがて『思い出トランプ』にまとめられるのだ。

「拾う人」にはひどくシンボリックな見聞が記されている。

今年のお花見は墨堤《ぼくてい》へ出かけたが、そこでちょっと面白いアベックを見た。

夕暮時で、彼女の手造りらしいお弁当を食べているのだが、二人の場所は大きな臨時のごみ箱の隣りであった。二人とも二十五、六。感じのいい恋人同士に見える。（略）女の方が立ってごみ箱をあさり始めた。あっけにとられて見ていたら、ひとがほうり込んだ折詰弁当の中から、小さなプラスチックの醬油《しょうゆ》入れを探して、男に手渡している。忘れて来たのであろうが、ひとの使いかけを探して少しも悪びれた様子がない。

大したものだな、私には出来ないな、と思いながら帰ってきた。（略）

国電山手線の中でアルミのお弁当箱をひろげて食べているひとを見たことがある。太宰治が自殺した年だったと思う。男は中年のセールスマン風で、当時としてはそう珍しい眺めではなかった筈《はず》だが、今でも忘れないのは、箸《はし》代りに万年筆と鉛筆を使っていたせいである。（略）

食べたかったら万年筆の箸で食べればいいのである。（略）欲しいものがあってもはた目を気にして素直に手を出さないから、いい年をして、私は独りでいるのかも知れない。

最後の件《くだ》りを書いた原稿をヒラヒラさせながら「ネッ、罰金は払ってるでしょ！」と笑っている姿が目に浮ぶようである。なるほどこうした女性と結婚するのは大変だろう。それにしてもこれを書いたのは昭和五十四年、太宰治の入水心中は戦後すぐの二十三年だから、ずいぶん旧《ふる》い瑣《さ》末《まっ》なことを例によってよく覚えていたものだ。

おそらくこの万年筆箸目撃の記憶は、何かこの種のザラッとした〈美しさに欠ける行為〉を見るたびに蘇《よみがえ》ったのだろう。いちばん最近の蘇りは、その年の花見のゴミ箱醤油の一件だった。〈私には出来ないな〉という裁断はその度に下されたが、最初は当然〈嫌だ！〉という否定的気分がほとんどだったろうと思う。そのうちに〈食べたかったら万年筆の箸で食べればいいのである〉と変化し、それが出来ないから〈いい年をして、私は独りでいるのかも知れない〉という、負け惜しみのような反省に落ち着く。三十年かけて、こうなったのである。この短いエッセイ、雑文は考えようによってはけっこうおそろしいことが書いてあるのだ。

父親の謎めく振るまい

向田エッセイにはよくこうした〈私には出来ない〉人物が現れる。結婚式の引出物の中身というものは早く見たいものだが、会場から降りるエスカレーターの途中でベリベリと包装紙を破いている紳士がいる――通路まで満員の新幹線で、あなたは何処で下車しますかと聞いて廻っている男がいる。席が空いたらそこへ坐らせてくれと予約しているのだ——。

やってみたいが〈私には出来ない〉ことを平然と出来る人物の人名簿はこうして増えてゆき、向田邦子の心をザラッと嫌悪の念で満たしたり、時には羨望《せんぼう》させたりして、長い時間のあいだにその人格を形成させていったのだ。

子ヲ見ルコト親ニ如《シ》カズというけれど、少女時代の邦子のヤヤ苛察《かさつ》ニ過ギルことを親が心配していたという記述がある。苛察は苛酷な観察の意味だが「薩摩揚」(『父の詫び状』所収)にこうある。

> 縁日に連れていってやる、というので浴衣に着がえ、祖母に三尺帯を結んでもらっているところへ父が入ってきた。
> 「お父さんは今晩何を買うか当ててごらん」
> という。当時父は「さつき」の鉢植えに凝っていたから、
> 「さつきでしょ」と答えると、途端にムッとした口調で、
> 「俺《おれ》はカンの鋭い子供は大嫌いだ」
> 吐き捨てるようにいうと、サッサと一人で出掛けてしまった。

長い間ぼくはここのところがよくわからなかった。昭和十四年から三年間いた鹿児島での話だから十歳ちょっとだった邦子のどこが父親を不機嫌にさせたのだろう。

この箇所の直前の段落は〈男の子の裸を見た、といって父に殴られたのもこの時分のことである〉と、男の子の相撲大会を見物にいって猛烈に怒られたことが書いてある。「お父さん、邦子を幾つだと思っているんですか、まだ子供でしょ」とかばう母親にも「子供でも女の子は女の子だ!」と鉄拳をふるってどなりつける騒ぎになった、とある。

この後にすぐ続いて〈年の割にませていた長女の私を、父はよくお供に連れて歩いた〉となり、カンの鋭い子供は大嫌いだの話に直結するのだ。

どうも、つながりがおかしい。

鹿児島時代は邦子のいわば「性に目覚める頃」で(エッセイ「細長い海」参照)、カンとは性に関係したことのようにも思えるのだが、どうしてサツキをいい当てたことが性につながるのだろう。これは親の過剰反応、というよりは子供を見るコト苛察ニ過ギテいはしまいか。〈自分と性格の似ている私を可愛がりながらも、時にはうとましく思った父の気持が、此の頃やっと判《わか》るようになった〉

段落末尾のこの部分もよくわからない。しかし〈苛察の性格の遺伝〉と考えると、理解できるような気がする。長いこと読解不能だった箇所が、今回のように向田邦子をいわば〈通覧〉してみると、何やら腑《ふ》に落ちてくる。

4　気遣いの人

絶妙なバランスのとり方

これはこの本のいちばん最後に書こうと思っていたのだけれど、やはりここで書いてしまっておいた方がいいだろう。

それは彼女が〈親切〉だったことだ。

向田邦子の親切に関しては、さまざま多くの証言がある。向田ふうにいえば〈気遣《きづか》い〉だが、この気遣いは彼女の〈生き方〉や〈日常のマナー〉と隣りあわせで、作品を読む人の心をいまだに揺さぶりつづけている。読者はよくご存知だろう。

末妹の和子さんや『向田邦子の恋文』でその存在が明らかになったN氏とのこと等を読むと、その気遣いがどのようなものだったかがよくわかるのだが、ぼくが興味を持ったのは妹の和子さんの書いた文章の次の箇所だ。

姉はN氏の亡くなった年の十月、親元を離れ、港区霞町《かすみ》(現在、港区西麻布三丁目)でひとり暮らしを始めた。

と始まって――

姉が家を出るきっかけは、父との口喧嘩《げんか》だった。

その後に『父の詫び状』の中の「隣りの匂い」からの引用で、

些細《ささい》なことから父といい争い、
「出てゆけ」「出てゆきます」
ということになったのである。
正直いって、このひとことを待っていた気持もあって、いつもならあっさり謝るのだが、この夜、私はあとへ引かなかった。次の日一日でアパートを探し、猫一匹だけを連れて移ったのだが、ちょうど東京オリンピックの初日で、明治通りの横丁から開会式を眺めた。

とあり――

そして和子さんはこう続ける。

口喧嘩は父が仕掛けたものだった。

――邦子も親元にいては気を使うだろうし、仕事もやりにくいのではないか。でも、自分から切り出しにくいだろう。

父は母にそう話していたという。

口喧嘩というのが、父らしく、うれしい。姉も父の仕掛けに気づきながら、素知《そし》らぬふりして、売られた喧嘩を買ったのである。

父・敏雄の気の遣い方というか、親切のかけ方は、向田邦子のそれと酷似している。いかにも、そんなことをするのは照れ臭くってといいたげに、遠廻しで、いくつかのクッションや細工があって、うっかりすると見逃して、あとでやっとそれとわかるようなものだった。

ああ、これは遺伝だったのか――。

親娘の気遣いは、両方とも苛察の人の見事な人生のバランスのとり方だったのではないか。過敏な神経を持てあつかいかねた人の（神様は本当に巧みな調和《バランス》をして下さる）、そうした細やかな神経でなくてはかなわぬ精巧な気の遣い方を、その才を、この親娘は持っていた。

ぼくもずいぶんこの親切の恩恵に浴したが、次の書簡は全集（別巻②）にも載っているから引用したい。
植田いつ子さんは著名な服飾デザイナーで向田邦子のおそらく一番長い親友だった。これも独り身の彼女が風邪をこじらせて、どうも何も食べてないらしいというので（おまけに大の料理下手だから）差し入れをした。その差し入れについていた手紙である。

　風邪は食べないと直りません。
　スープを作ったので、とどけます。
○おなべごと、あたためてもよし、これごと冷蔵庫に入れ、食べる分づつ《ママ》、レンジであたためても（小丼に入れクレラップでカバーをかけても）よし。
○ごはんは、包んだまま、冷凍庫でガチガチに凍らせて、食べる分づつ《ママ》、クレラップをとり、茶碗に入れて、新しいクレラップでカバーをかけ、3分ほどあたためると、炊きたてのホカホカになります。
○松たけごはんも二つ、入れました。少し薄味ですが、そえてある佃煮《つくだに》「茸《たけ》くらべ」と一緒に食べるとおいしい。
○白いごはんは、電子レンジであたためて、卵のおじやにしてもよしです。スープを入れた、スープおじや（上りにパセリを振る）は絶品なり。
○おなべは、うちにはいっぱいありますから、直ってから返していただきます。このまま、お使い下さい。
○早く直って、もっとおいしいもの、食べにゆきましょう。

お大事に

く

いつ子さん

使ったお鍋は直ってから返していただきます、というところが病人に親切で（うちにはいっぱいありますから、がまたニクい）感心するほかないが、ぼくは以前植田さんの自身書いたエッセイで、この差し入れが届けられた時のことを読んでいる。

それはまず差し入れを届けますとだけ電話があって、お見舞いはしませんからと断りもついていたそうだ。そしていつの間にか、マンションのドア外に一式が置かれていた、という。

女の人が病中見舞われることの厄介《やっかい》さをよく知っている人の、見事な友情の発露としかいいようがない。

向田邦子の気遣い、親切の逸話はいくらでもあるけれど、この話を代表にしたい。

第三章　豆絞りと富迫君——向田邦子の真実と嘘

1　エッセイはすべて真実だったのか

母せいさんの証言

前章で、どうも世間ではエッセイは作者の身の廻《まわ》りの、見たり聞いたりしたことを書くからノン・フィクションだと思われているらしい、と疑義をさしはさんでおいたが、その通りで、小説だからフィクション（嘘）だとも限らないし、エッセイすべて真実ともいえない。

小説とエッセイでは、どちらが〈真実〉に近いのだろうか。

吉行淳之介の妹で女優の吉行和子さんは、こんなことを書いている。

私は兄の小説が怖ろしくてちゃんと読めない。エッセイはよく読む。（略）小説の中には兄の生身の心が現われてくるので、私は胸さわぎがして読みきれないのだ。

（雑誌「本の話」平21・10月号より「ひとり語り」）

〈生身の心〉とは何だろうか。

「小説」の中で、どれほどの〈真実〉をいってしまうかは後にして、「エッセイ」の中で作家はどのくらい〈嘘〉をつくのだろう。嘘といって悪ければ脚色・潤色といってもいい、文飾といってもいい。

どれくらい〈真実でないこと〉を書くのだろう。向田邦子はどうだったのか。

私の父は、六十四歳で心不全で死んだ。いつも通り勤めから帰り、ウイスキーを飲み、プロレスを見て床に入り、夜中の二時頃、ほとんど苦しみもなく意識が無くなり、私が仕事場から駆けつけた時は、まだぬくもりはあったが息はなかった。

救急隊の人が引き上げたあと、家族四人が父のまわりに坐った。誰も口を利かず、涙も出なかった。弟が母にいった。

「顔に布を掛けた方がいいよ」

母は、フラフラと立つと、手拭《てぬぐ》いを持ってきて、父の顔を覆った。それは豆絞りの手拭いであった。母の顔を見たが、母の目は、何も見ていなかった。弟は黙ってポケットから白いハンカチを出し、豆絞りと取り替えた。

向田エッセイの中でも、有名な箇所といっていいが——『父の詫び状』の「隣りの神様」だ——こう続く。

母はそのことを覚えていないようであったが、葬儀が終り、一段落した時そのはなしをするとさすがにしょげていた。

「お父さんが生きていたら、怒ったねえ。お母さんきっと撲《ぶ》たれたよ」

笑いながら大粒の涙をこぼした。

読んでいるこちらもホロリとするところだが、これが作者の嘘、といって悪ければ文飾であることは「小説新潮」(平成5年8月号、全集別巻②収録)の没後の座談会で母堂せいさんの「あれ、嘘ですよ(笑)。(略)私、あれ読んだ時に、なんで邦子がこんな面白いことをって……。何を思って書いたんですかね」という証言でわかる。

同じ座談会で「うちに豆しぼりの手拭なんてないですよ」と言っているのはもっと興味をひくけれども、これは第七章の「向田邦子と〈性〉」で書く。

〈豆絞り〉は大豆《だいず》ぐらいの円形の粒々《つぶつぶ》を一面に染め出した紋様だが「豆しぼりの手拭なんて」と言っているところが面白いのだ。

向田がエッセイを書き出すととたんに〈わが家族は、ことのほかご機嫌が悪く〉なったらしい。〈何様でもあるまいし、家の中のみっともないことを書かれて、きまりが悪くてかなわない〉、尊敬する先輩の諸先生も書くのよ、と言うと〈そういう方のご家族もみなかげでは泣いている〉と反撃され、〈二度とこういう真似はいたしません〉と謝ったとある(「娘の詫び状」『眠る盃』)。

しかしどうもぼくには、この豆絞りの手拭いの件《くだ》りは単に話を面白くするために潤色されたとは思えない。もう少し深い意味があるのではないか。

家族のことをあからさまにしてしまえば、向田家のような中流の堅気の家では総スカンを喰《くら》うのはてんからわかっていたはずだ。

「隣りの神様」が、後に『父の詫び状』という最初のエッセイ集にまとめられる作品群(すべて雑誌「銀座百点」に掲載された)の一つとして人目に触れたのは昭和五十三年二月で、連載開始が五十一年二月だからすでに丸二年が経っている。〈家族の恥しいところ〉を人目にさらすというって〈家族からのお叱《しか》り〉をもらうなら、もうとっくに散々な目にあっていたことだろう。『父の詫び状』はすべて記憶をたどった家族の話だからだ。父が弔問に来た社長の前で平蜘蛛《ひらぐも》のようなお辞儀をする(「お辞儀」)光景を書いてしまったのはすでに前年十月のことである。

謝ってもうしません、と言ったというのはもちろんこれこそ嘘だが、彼女がしじゅう〈家族の反応〉を気にしていたことは、ぼくも再三こぼされているから真実である。

それでも豆絞りの手拭いの一件は書いた。たぶん、こう〈笑い〉のフィクションを入れなければならない強い〈心理的圧力〉が彼女の中にあったに違いない。それは何か。

実在していた〈富迫君〉

もう一つ、はっきりわかっている嘘の例がある。「銀座百点」昭和五十二年八月号初出の「ねずみ花火」の中の〈富迫君《とみさこ》のエピソード〉だ。

富迫君は向田作品の登場人物の中でもほんとうに印象に残る人物だが、文中登場する時は小学二年生、邦子が小学四年で鹿児島にいた時、弟の同級生だった。

チビで、顔も目玉も声もすべて小さく、ネズミに似ていた。家の中でネズミを見つけて「あ、富迫君」といって弟にひっぱたかれた。

富迫君は父親がなく、母親と二人暮しだった。ゆとりのない暮しとみえて、身なりもみすぼらしかった。

父は富迫君を可愛《かわい》がった。身勝手な人間で、自分の仕事関係の客は無理をしてでももてなすが、子供の友達などうるさがった人だが、富迫君だけは別だった。

父は、父親を知らない自分、親戚《しんせき》から村八分にあいながら、母親の賃仕事で大きくなった自分の少年時代を、富迫君に重ね合わせていたのだろう。邦子と弟と富迫君をつれて吹上浜《ふきあげはま》に遊びに行った時、父が、砂丘で砂だらけになって転がり廻る弟と富迫君を見て〈不意にハンカチを出すと眼鏡の曇りを拭《ふ》きはじめた。父は泣いているようだった〉とある。ところがしばらくして〈弟は学校から帰るとランドセルを母に渡しながら、「富迫君のお母さんが死んだよ」といった〉。

その夜、父にいわれて、私と弟は祖母に連れられてお悔みにいった。

富迫君のうちは、ゴミゴミした路地の更に奥にあり、ぬかった道に板が渡してあった。一間きりの家にみかん箱を引っくりかえして風呂敷をかぶせた粗末な祭壇がしつらえてあり、富迫君がポツンと坐っていた。弟の顔を見てニコッと笑った。祖母は口の中で経文を唱え、長いこと手を合せていた。坐っている富迫君の頭の上に、誰かのお古なのか、端がすれて白くなり、片側がめくれ上ったランドセルがひとつかかっていた。

生れてはじめてお通夜に行ったせいか、私は富迫君のお母さんに逢ったことはないのだが、前から知っていた親しい人に死に別れた気がして、泣きたいような気持で、またぬかるみに渡した板の上を通って帰ってきた。

今でも「お通夜」と聞くと、この鹿児島の一夜が目の底に浮かんでくる。花もなくお経も聞えず、供えものすらなかった寂しいお通夜だったが、今思い返すと妙にすがすがしく懐しい。

ところが、これも真実ではない。

「向田邦子研究会」という熱心な向田ファンの会があって、定期的に通信の冊子を刊行している、その第59号に〈鹿児島の同級生〉の座談会というのがあって、その中に冨迫君本人が出席していて、こう証言している。

――冨迫さんの「ねずみ花火」のなかで、みかん箱が祭壇になっていたのはどうですか。
冨迫　それはフィクションではないでしょうか。貧しいながらも小さな仏壇はありました。母親がよく西本願寺別院にお参りに連れていってくれた記憶があります。ただ机はなかったと思いますが。

冨迫君が実在の人物で、名前も本名だというのが、まず驚きである（冨迫君は本当は冨迫、と書く）。

この種の〈他人の貧乏〉を書くのだから、本名では差し障《さわ》るだろう、A君T君というイニシアルでも充分意は伝わる。しかも話には誇張があって、嘘を書いたと批難されても仕様がない。

何故《なぜ》、こんな書き方をしたか。

2　なぜフィクションの刻印を打ったのか

「父の死、あれは嘘なんです」

〈豆絞りの手拭い〉のことも不思議といえば不思議である。

もし、お通夜の話だがしめっぽくしたくない、というサービス精神ならば、実はもっと可笑《おか》しいことがあったのだ。文中「仕事場から駆けつけた」とあるが、この時彼女は第二章の終りに書いたような経過をへて、親元から離れていた。どうも別居しているその場所から、駆けつけたらしい。それもあわてた挙げ句、〈靴下《ストッキング》を二枚重ねて履《は》いて来た〉（正確には「うちへ来た時に、一足履《は》いていてるでしょう。その中にまた一足あったの」）と、これは同じ座談会で母妹二人の証言がある。

どうしてこちらの方を書かなかったのだろう。

二つの嘘の記述から推論できることは次の通りである。

〈彼女は父の死も、富迫君の母の死も、本当のことにしたくなかった。「あれは、嘘なの」といいたかった〉。しかし死は厳然と現実のものだ。そこで彼女はフィクションの刻印を、みかん箱の祭壇、豆絞りの手拭いという虚構の印《しるし》を打ったのだ——そうとしか考えられない。二重に履いた靴下では駄目な理由もこれでよくわかる。父親の死顔を覆《おお》う布のことで嘘を書いてこそ「父の死、あれは嘘なんです」というメッセージになる。

二つの死の拒否、これがあのフィクション化の実態だろう。

となれば、二つの死にはどこか共通のところがなくてはなるまい。あるだろうか？

ある。二つの死は共通して〈一家のBreadwinner《ブレッドウィナー》の死〉だ。

パンを稼《かせ》ぐ人——一家の生計を支えている人——その人の突然の死は、たしかにその死を否定するほどの精神的ショックといえるだろう。富迫君のお母さんの場合はとたんに収入が途絶《とだ》える。しかし向田邦子は父が死んだ時既に三十九歳で、放送の業界では売れっ子になりつつあった。心配はないではないか。

いや、彼女には死ぬほど不安なことがあった。それは、父が死ねば、

——私が〈家長〉にならなければならない。

自らが向田家の長、家長になる。この恐怖と不安が邦子を打ちのめした。責任の重さがのしかかり圧倒した。

向田作品に対して賢明怜悧《れいり》な名探偵である読者はすぐにこう問題点を指摘するだろうと思う。①父君の死（昭44）と、その執筆時（昭53）の間には十年近くの隔《へだた》りがある。その間ずっと邦子は〈家長にされてしまう責任と不安〉を抱きつづけて来たのだろうか。

この本の読者の多くは、その後の邦子の家族への献身、彼女を実質的〈家長〉とした向田家の結束（赤坂「ままや」の開店／昭53）等のことをご存知だろうから、邦子がずっと、あの父の死に直面した時の感情を持続していただろうことは納得されるだろう。

それでは——

②邦子は長女であっても〈男〉ではない。どうして自分が家長にならなければ……と思うようになったのか。又それは幾つぐらいからなのか。富迫君の母の死の頃にはもうそういう意識はあったのだろうか。父君が健在で、弟もいるのに〈女〉がそんなことを思うものだろうか。

ぼくは〈家長恐怖《フォビア》〉は向田邦子が少女の頃から、その早過ぎる死まで一生の間抱きつづけた〈心理的問題点〉だったように思う。

〈長女〉が背負った宿命

どうしてこのような心理的固着が生じたのかは、よくわからない。

少女時代のその発芽はおそらく父親への憧《あこが》れだろう。彼女のエッセイを読めば随所にその痕跡《きずあと》はある。

ところが〈家長になる〉ことは危うく現実になりかけた。それは〈時代〉のせい、〈戦争〉のせいだ。

ある時期、日本の男性は全員が死ぬ予定だった。本土決戦が叫ばれ、米軍をはじめとする連合軍が上陸してきたら竹槍《たけやり》を持ってこれを討ち……これが本気で信じられていた時期はたしかにあった。この空気の中で向田邦子は成人したのだ。まず兵士として死ぬ運命にある男性が皆いなくなったら、女が、特に〈長女〉は家長にならなければならない。

面白い証拠がある。邦子が旧《ふる》くからの友達の作家澤地久枝（『妻たちの二・二六事件』等）と対談している時、

澤地　共通しているのは、ともに昭和一ケタ生まれで、二人とも総領の長女。

向田　そう。長女って、性格のなかでかなり大きなものなのでしょうね、自分ではあまり思わないけれど。

澤地　私は二度と総領に生まれたくないと思ってるわ。

総領はすべての領（地）を引継ぐ意で、つまり家長予備軍である。昔は長子相続だったから、「総領の甚六《じんろく》」（長男は育ちが大様《おおよう》でぼーっとしている、の意）という言い方がよくされた。もちろん「総領娘」の言い方もあって必ずしも男にだけ使われるわけではない。

それでも女性が「私たち総領の」と言うのはいまどき珍しい。ぼくは久しぶりに聞いた。そしてああ、この年代（澤地さんは向田さんの一つ年下の昭和五年生れ）の〈長女たち〉は、自分が（男たちがいなくなったら）家を継ぐという意識がずいぶん強いんだなあ、と思った。昭和四、五年生れはちょうど終戦時に女学校二年、三年。戦時中が人格形成期だった。

もう一つ、これはどうも向田邦子の評伝の中で閑却《かんきゃく》されているのではないかと思うことがある。それは父の勤め先が〈保険会社〉だったことだ。東邦生命保険相互会社（現・AIGエジソン生命保険株式会社）である。

差し障りがあったら謝るが、保険会社とは結局人の死がビジネスの中心になる。家長の交替がその中でも特段のものである。邦子が他の子供より敏感であっても不思議ではない。

これはもう覚えている人がいなくなりつつあるが、徴兵保険というのがあった。兵隊にとられると、それが一家の家長だったら生活にひびく、そのための保険である。父・敏雄が入社した時の会社の名は第一徴兵保険株式会社である。〈家長の喪失〉は向田邦子の頭の中にはいつでもあった、と覚《おぼ》しい。

向田邦子にあっては〈家長〉の、何かあったら家を継ぐ意識は子供の時から強かったとする、以上は傍証である。

終戦になって、男が皆いなくなってしまう事態は去った。しかしこれは次で書くけれども、家長になるかもしれない（いや、ならねばならぬ）意識は彼女の中でいっこう薄まらず、むしろ濃くなってゆく。今度後押しするのも〈時代の力〉である。女性が生活力をつけることは、戦後すぐの時代では、今からは想像つかないほど、強く求められたことだった。

その前に、向田邦子の小説を一つ、読んでおきたい。

「胡桃《くるみ》の部屋」――昭和五十六年（死去の年）の「オール讀物」三月号が初出。

これは運の悪い小説だ。だが、読めば邦子が抱いていた〈家長になる恐怖〉がよくわかる。

3　自伝的小説「胡桃の部屋」

家長になっていく主人公

運が悪い小説といったのは、死の年に書かれたからではない。

エッセイは文藝春秋社を中心に、小説は「小説新潮」の川野黎子《れいこ》編集長が旧友で、そのすすめで小説に筆を染め出した縁もあって新潮社が中心にと畑が分かれていたのだが、「胡桃の部屋」は畑違いの文春系雑誌に載ったため『思い出トランプ』とか『男どき女どき』といった著名な小説集に収められず、あまり有名にならなかった（これと「春が来た」が惜しい。ぼくは両方とも大好きで、舞台化もテレビ化もさせてもらっている）。

実は、「胡桃の部屋」は通常の意味ではないが自伝的小説で、研究者にはことさら興味をそそる。

「胡桃の部屋」の主人公は三十歳の大台を越したＯＬの桃子である。人は時に桃太郎と呼ぶ（第一章で桃太郎は向田邦子の一つのキーワードだと書いたことを思い出して欲しい)。父がよくそういっていた。

その父は三年前に蒸発した。堅物の勤め人だったがある日、出勤したきり帰って来なかった。後で会社が倒産していたことを知るが、父親のほうは実は元気でおでん屋をやっている女と同棲しているという。

その情報を教えてくれた父の元部下は「桃太郎がついてるから、大丈夫だと思っているんじゃないかな」といった。

仲介を頼んだが「合わす顔がない」「申しわけないが死んだと思ってくれ」という答えが返ってくるだけで、ご本人はどうしても会ってくれない。桃子の桃太郎は、こういうことになると何も出来ない母と大学受験の弟と高校生の妹を抱えて、結局どんどん家長の役をやらざるを得なくなる。

〈いつ頃からそうだったのか、いまは思い出せないのだが、丸い食卓で父のところだけポツンとあいているのが嫌で、ごく自然に間を詰めているうちに、桃子が父の席に坐るようになっていた〉〈ご飯をよそう順番も、桃子が一番先になった。大小にかかわらず、何か決めるときは、みなが自然に桃子の目を見た〉。桃子は否応《いやおう》なしに桃太郎になってゆく。

エッセイと小説に似かよう記述

ぼくはこの小説をはじめて読んだ時、あれっと思った。こういうところがある。

桃子が〈勤めから帰ってアパートの窓が見えてくると、自分たちの部屋だけ明りが暗いように思えた。ドアの前で大きく深呼吸をして、「ただいまァ」勢いよくなかへ入った。（略）安いケーキや甘栗の包みを提げて帰ることもあった〉。

まさに家長のご帰宅だが、ほとんど同じ描写を他の作品で読んだことがある。

それは「胡桃の部屋」より五年前に書かれた『父の詫び状』の中の、こちらはエッセイ「チーコとグランデ」にある。

題名はもちろんスペイン語の「小さいのと大きいの」で、一ヶ月ほどかけた世界旅行（昭46）の時の話、といっても向田風にこれはサシミのツマ、一番印象深いのは冒頭のクリスマス・ケーキを買って帰るエピソードだった。

昭和三十三年か三十四年の話らしい。〈当時私は日本橋の出版社に勤めていた。会社は潰《つぶ》れかけていたし、一身上にも心の晴れないことがあった〉。そして〈家の中にも小さなごたごたがあり、夜道を帰ると我が家の門灯だけが暗くくすんで見えた。私は、玄関の前で呼吸を整え、大きな声で「只今《ただいま》！」と威勢よく格子戸をあけたりしていた〉。

思わず似てしまうことはあっても、こんなふうに同じなことは物書きにはまずない。あり得るのは、なにか強烈な〈原風景〉があって、エッセイも小説もそれに従って書いた時だけだろう。だからこの時、桃子と邦子は同じ人だ。

通常の意味ではないが自伝的といったのはこのことで、この章の最初の吉行和子の「生身の心」がこれだ。で、その目で見ると「胡桃の部屋」という「かわうそ」などに較《くら》べるといささか分《ぶ》の悪い出来の小説は、とても面白い。

そして長女が家長の座に坐らせられる脅《おび》えはエッセイの方にも〈父はクリスマス・ケーキなどに気の廻るタチではなく、いつの間にかそれは長女である私の役目になっていた〉として見え隠れして、両方を一度に読むとまるで作者の心をのぞき見しているような気分になる。

桃子はどんどん桃太郎になってゆく。弟が大学に合格した時、弟だけに夕食をおごった。ステーキをおごり、仕上げにバーを一軒と思ったのだが、弟は頑強に「おれ、胃の調子が悪いから」といってハンバーグがいいという。ハンバーグの上には目玉焼がのっていた。

不意に、デパートの食堂で見た情景を思い出した。

若い工員風の父親と、中学生の息子がハンバーグを食べていたのだが、皿が運ばれてくると、父親は自分の分の目玉焼の、黄身のところを四角く切って、息子の皿に移したのだ。

「あれが父親の姿なんだわ」

桃子も同じようにしてやる。
実はぼくも父にまったく同じことをしてもらった覚えがある。長らくシベリアに抑留されていたのがやっと帰れて、疎開先からぼくだけを、働き口を探しに出た東京に呼んで、戦後はじめての外食をおごってくれた時のことだ。
外食といってもバラック建ての食堂で、あの食糧難だからハンバーグが最高のごちそうだった。玉子がのっていればそれはスペシャリテだったのだ。黄身だけを四角に切ってくれるのは、いかにもオヤジっぽい。向田さんも、あれは男親の仕草《しぐさ》だなあと思って記憶にとどめたに相違ない。それは彼女の心の中にオヤジ的な、家長的な気分の自覚があったからに違いないのだ。続いてこうある。

父親の役をやっているせいか、桃子は玄関のまん中に靴をおっぽり出して脱ぐようになった。歩くとき、外股《そとまた》になったような気がする。

向田邦子自身にも、歩き方に特徴があった。外股ではないが、ひどく大股だった。チビだから大股で歩かないと、他人《ひと》に追いつかないのよと言っていたが、大きなハンドバッグ（原稿やノート、筆記用具を入れるから、どうしても作家のそれは大きくなる）を前後にこれも大きく振って歩く姿は、遠くからでもすぐわかった。今でも瞼《まぶた》に浮ぶようだ。これも邦子＝《イコール》桃子の一つの証拠になる。

日本の家庭の未解決な部分

ずっと旧上司の娘として何かと桃子の世話を焼いてくれるかつての部下の同情は、どうもいつの間にか別のものになっていったようだが、彼には妻子があることを考えると、家長の桃子にはこれ以上踏み込めない。

「家つき、カーつき、ババア抜き」というフレーズが流行《はや》ったのはいつごろからだろうか。ぼくの記憶では昭和三十年代の中頃にはもうあったし、こんなに長く人々が口にした流行語はないと思う。これも家を継ぐ、つまり家長の嫁になることの悲哀をいったものだろう。

平成になっても「長男の嫁」がテレビドラマのタイトルにもなって、家長の問題が全然日本人の中で解決されていないことを物語る。現在《いま》だって扶養の問題として、家長制度は日本の家庭の未解決部分である。

考えてみれば、明治の近代化の黎明《れいめい》期から家《いえ》の制度と家長の存在は課題だった。敗戦と占領下という予期せぬ事態で、一挙に解決するかと思われたが、まったくそうはいかなかったことは誰でもが知っている。

向田邦子が成人していった戦後すぐは、その中でも特異な時期だったといえよう。それは〈女性が家長になれる時代、また、家長になりたい（家から独立して一家を構えたい）時代〉でもあり、〈家長にされてしまう時代〉でもあった。彼女も、彼女と同年代の女性たちも、その時代の子だった。

とりわけ〈長女がそうだった〉。

あまり良い引用ではないし、出典が何かを正確にいえないけれど、非常に印象に残っている記事を読んだことがある。それは、

〈戦後、生活困窮のため売春行為をしなければならなくなった女性たちがいる。統計によれば圧倒的に多いのは長女で、年老いた両親（この時代だから実家の、ではなく、嫁入り先の）や幼い弟妹のために身を売った〉

悲劇を味わうことがなくなっても「二度と長女に生れたくない」という感慨は、向田邦子と同年輩の女性たちにはことさら強かったと思われるのだ。

小説、特に短篇小説の技法《テクニック》としての仕掛け、趣向の面（ことに結末のつけ方）では「胡桃の部屋」は残念ながら賞《ほ》められない。不運な小説といったが、不運に終るマイナス面がある小説なのだ。しかし向田邦子のある時期の精神的風景がくっきり見えるような気がして好きだ。特異な意味で自伝的といったのはそのためである。

作家としての向田邦子に影響し、伸ばし育てたと思われる〈戦後の時代風潮〉に関しては第八章でもう少し書いてみたい。それと、引用の「チーコとグランデ」には引用部分の前にもう一段

クリスマス・ケーキのエピソードがあって、これも後に引用する。

で、小説にはウソがつけない作者の本当の心が出てしまうもう一つの例が次である。小説「かわうそ」のことだ。

4　写真機の謎

名作「かわうそ」のラスト一行

向田邦子の恋——これについては、妹の和子さんの『向田邦子の恋文』（素敵な文章で、弟の保雄さんもそうだし、文章力は遺伝形質なのだろうかと思わせるが）が平成十四年に出版されて、ほぼ周知の、解禁されたものと思って書かせてもらう。

〈彼女には昭和三十九年に死んだ恋人がいた。自死だそうである。カメラマンだった。妻子もあったという。最後の三年ばかりは病気で身体が不自由になり、仕事もままならなかった。邦子がほとんどの面倒を見ていたと思われる。二人は一つ屋根の下に住んだことはない〉。このくらいのことを知っていれば済む。

さて「かわうそ」である。

これと「花の名前」「犬小屋」短篇小説たった三篇で（いずれも『思い出トランプ』所収）邦

子は第八十三回の直木賞を受賞した（昭55）。文字通り〈名作〉といっていい。これ一篇でも文学史に名が残るだろう。

それほどの作品だから、筋なんか書いても意味がない。たくさんの絶賛の文章があるから、ぼくが何かいうことはない。ただ、最後の一行、

写真機のシャッターがおりるように、庭が急に闇になった。

この一行だけはずっと気になっていた。


障子につかまりながら、台所へゆき、気がついたら庖丁《ほうちょう》を握っていた。刺したいのは自分の胸なのか、厚子の夏蜜柑《みかん》の胸なのか判《わか》らなかった。

「凄《すご》いじゃないの」

厚子だった。

「庖丁持てるようになったのねえ。もう一息だわ」

屈託のない声だった。左右に離れた西瓜《すいか》の種子みたいな、黒い小さな目が躍っていた。

「メロン、食べようと思ってさ」

宅次は、庖丁を流しに落すように置くと、ぎくしゃくした足どりで、縁側のほうへ歩いてい

った。首のうしろで地虫がさわいでいる。

「メロンねえ、銀行からのと、マキノからのと、どっちにします」

返事は出来なかった。

写真機のシャッターがおりるように、庭が急に闇になった。


脳卒中の発作からやっと回復しかけている主人公が、今まで何とも思わなかったごく普通《なみ》の妻君の「おだつ」性癖、火事とか葬式とか、そうした凶事の時に不思議に生き生きする、かわうそが己れの獲物を、食べるためでなくただ楽しみだけで獲った獲物を、並べて楽しむ「獺祭図《だっさいず》」のような性癖に気づき、自分の病気も二人の間の子供の病死も、実は彼女を生き生きさせるための道具のようなものだったのではないか——と気づく。

こう書いてしまっては身も蓋《ふた》もない。

一つとして無駄なところのない、名人技の小説だが、最後の一行だけは明らかにオカシイ。ヘンだ。

もともと文章の中での比喩《ひゆ》が卓抜で（多用しすぎるという評もあるが、「かわうそ」では適度だと思う）、当人も自信があったはずだが、この写真機の比喩、二度目の脳卒中の発作の比喩は奇妙である。

唐突で、どうしてここでカメラが出てこなければいけないかが、よくわからない。ふつうは何らかの写真機が出てきても不思議でないような伏線が敷いてあるものなのだ。主人公がカメラ好きでよくこの庭を撮っていたとか、自慢の庭を誰かが写真雑誌に投稿したとか。まあずいぶん陳腐な例しか思い浮ばないけれども、彼女だったらもっと素敵な前フリをしているはずなのだ。

どう考えても雑《ザツ》だ。

こうした雑《ザツ》な、らしくない書き方をする時は、彼女が強い心理的プレッシャーを受けて、雑でも何でも書かねばいられない時だ。次の第四章でも（空襲の箇所で）出てくるけれども、何か怒りに似た感情が湧《わ》いた時だ。

小説の中に書かれた本当のこと

その他にもある。

この妻君厚子の風貌《ふうぼう》が、向田邦子によく似ている。特に目の描写。西瓜の種子というほど小さくはなかったが、小さくて黒目がちでよく動く、という描写は厚子＝《イコール》邦子である。小さな鼻、よく動く手。敏捷《びんしょう》な小動物のような感じ。ぼくは、

厚子のおろしたての白足袋《たび》が、弾むように縁側を小走りにゆくのを見ると、気がつかないうちに、おい、と呼びとめていた。

「なんじゃ」

わざと時代劇のことば使いで、ひょいとおどけて振り向いた厚子を見て、宅次は、あ、と声を立てそうになった。

なにかに似ていると思ったのは、かわうそだった。


というところで、あ、これは向田さんだと思った。

「なんじゃ」とはいわなかったが、何かの拍子に振り返った時、彼女は必ずすこしおどけたような表情になった、あの表情はいまだに鮮明に覚えている。

「おだつ」――調子にのる性格もたしかにあった。自身エッセイにも「父の遺伝で」といって書いている。

それやこれやで、この厚子はまるで向田邦子の（起る出来事は別として）自画像のようだ。

ここまでは、最初にこの傑作を読んだ時から同じ感想をずっと持っていた。ただ、最後の一行の違和感だけは解決がつかなかった。

向田さんの恋人のことが（旧い恋人だが、彼女に非常に大きな影響を残して死んだ人のことが）わかってきた今では、はっきりといえる。

あの最後の写真機の比喩は、この恋人のためだ。脳卒中で身体が不自由になることを含めて、そうだとしか思えない。

とすれば、この小説の中で、

〈向田邦子は、自分自身を罰している〉。もっとあからさまにいえば〈殺されても仕方ないほど自己の行為を悔んでいる〉。

これは〈自己処罰〉の作品といえる。

小説家はフィクションであるべき小説の中に、あえて真実《ファクト》を、自分に起った事実を、入れるものですか——と尋《き》いたことがある。

相手は阿刀田高《あとうだたかし》、現在の作家中、短篇（特に理智的で技巧的な）を書かせたら随一の人である。直木賞受賞（「ナポレオン狂」）が向田の一期前で、住所も表参道のマンションで一緒だったから、因縁は浅くない。

阿刀田さんはこう答えた。

「小説《フィクション》を書いていると、何か本当のことを入れないとモタない気がしてくるんですよ」

たしかに、そうなのかもしれない。冒頭の吉行和子が、兄の小説は「怖ろしくてちゃんと読めない」といい「小説の中には兄の生身の心が現われてくる」といっているのは、このことなのだろう。

なるほど虚構のことを書きつづけていると、何か本当の告白を交《まじ》えないと神経がモタないのか。

作家の業《ごう》って深いものだ。小説を書くことで向田邦子はこうした世界に踏み込んだのだ。

第四章

男らしさへの嫌悪

——向田邦子と戦争

1　「ごはん」を読みかえす

明るかった銃後の生活

その性格からして、向田邦子は〈戦争〉のことを声高《こわだか》に語る人ではなかった。そして当時はまだ女学生だった。

それでも数はあまり多くない戦争をあつかった文章には、やはり他の人にはない特色があるし、よくよく探し出すと、行間《ぎょうかん》に隠された痛烈な反戦の感情があって、〈向田邦子はこういうふうに読み解くものだ〉とわかってくる。そこがとても興味深い。

まず、こんなところから始めよう。

〈記憶くらべ〉のところで引用した倉本聰との対話、これの単行本収録の時に倉本が附けた追憶の短文にこうある。

賢姉愚弟という間柄であった。

この対談を読まれれば、その位置関係は明瞭であろう。

――マアアナタソンナコトデヨクモノ書ケルワネエ！

半分裏返った早口のソプラノで、向田おばさんには年中叱《しか》られた。

――マアアナタソンナコトモ知ラナカッタノ!?

――ソレ位アナタ世間ノ常識ヨ!?

あの裏声は灼《や》きついている。

――戦時中アッタデショウ。分度器ミタイナ。雑誌ノ付録デ作り方書イテアッテ。ホラ空襲ノ時ソレヲ目ニ当テテ飛ンデクルB29トノ角度見ルアレ！　ソコデ爆弾落サレレバアウト。色塗ッタ所過ギチャエバセーフ！　アッタジャナイホラ、アナタ知ラナイ!?　ヤアネエ、ヨクソレデ物書イテルワネエ！　ソンナコト世間ノ常識ヨ!?

世間の常識ったって僕は知らない。

しかし灼きついているあの裏声が、最後にしゃべっていたあの声は哀《かな》しい。

「コチラ向田デゴザイマス。只今《タダイマ》私、旅行ニ出カケテオリマス――」

留守番電話に残されたあの声。

まるで向田さん本人がいまそこに居るようで、可笑《おか》しくて哀しい。シナリオの時よりもエッセイのほうが倉本は笑わせ上手だから余計そうなるのだが、戦争について向田がしゃべったり書いたりすると必ずこうした笑いがある。

戦争を題材にしたものでいちばん長く（といったってひどく短い）まとまっているのは『父の詫び状』の中の「ごはん」だろう。これもひどく可笑しい話だ。戦争を知らない読者には意外かもしれないが、銃後の（この言葉もずいぶん久しぶりに使うが）生活は、けっこう明るいものだった。国民全体のテンションが極度に高まっているから、沈鬱《ちんうつ》ばかりでも悲壮ばかりでもなく、何かあるとすぐに笑い声を立てた。

「ごはん」の書き出しは、防空壕《ごう》に隠れて読むハリウッド・スターの雑誌とフランス料理の本の話だが、これが〈私はいっぱしの軍国少女で、「鬼畜米英」と叫んでいた〉のとはすこしも矛盾しないことを、現在の若い読者はぜひ理解してほしい。

昭和二十年、〈当時、私は女学校の三年生だった。軍需工場に動員され、旋盤《せんばん》工として風船爆弾の部品を作っていたのだが〉（「ごはん」）、国家総動員令の下、生徒学生もほとんど学校での授業は受けず（向田の場合はたぶん週一回）、勤労奉仕の名目で工場労働をさせられていた。

風船爆弾というのがいかにもトボけていて彼女らしいが、これは超大型な風船に爆弾をつけて飛ばそう、上空に昇った風船は偏西風にのって太平洋を横切りアメリカ本土に達して爆発するだろうというもので、巨大な布製の風船は製作に広いスペースがいるから、ショーやレビューをやっていた日本劇場（後のマリオン）の閉場後などを組立の場所に使った。

B29が何百機と押し寄せるなか、飛ばす飛行機もない日本の涙ぐましいような発明だが、実際何箇かは米本土に届いてけっこうパニックをおこしたらしい。笑ってはいけない。

もっと笑ってはいけないのは、向田が旋盤をあつかっていたことだ（このことはテレビドラマ『母上様・赤澤良雄』の中に〈六尺旋盤を使って、直径二センチ五ミリのバイトという長い鋼材をけずって風船爆弾のネジを作ってた〉と細かい記述がある）。

熟練工でも気をゆるめれば危険なこの機械を素人《しろうと》の女の子が操作すれば、事故の確率は非常に高くなる。指の何本か、場合によっては腕までもってゆかれる。戦後すぐ、数々の競泳世界記録をうち立てて、自信喪失の日本人に希望の光を与えたフジヤマのトビウオこと古橋広之進は、勤労動員の事故でその指を欠いていた。水面上に現れるクロールの抜き手を、人々はニュース映画（もちろんテレビなどなかったから）のスクリーンで、息を呑《の》んで見つめたものだ。

ましてや嫁入り前の娘が……という例をもう一つ挙げる。ぼくの妻は向田さんの一つ下だが、これも勤労動員で、こちらは手榴弾《しゅりゅうだん》の信管（起爆装置）を作っていた。

ところが中には不良品があって時々作業中に爆発しそうになる。その時はすぐ窓を開けて中庭にほうり出す。するとドーンと破裂して……。すぐ開くように窓をいくらか開けておくので、冬寒くて、寒くて。思い出というのは妙なもので、年頃の娘が顔に大火傷《やけど》を負う危険性（不発信管を処理する作業員の小父《おじ》さんは顔も腕もひどい火傷の痕《あと》だらけだったそうだ）よりも、寒さの記憶のほうが鮮烈らしい。

五歳年下のぼくは国民学校（現・小学校、とやはり注が必要なのだろう）の時、疎開先で松根油掘り（松の根を掘り起し、これを破砕して樹脂を採る。なんでも石油の代わりになったそうだ）に行って、帰りに抜け出して川で水浴びして遊んでいたが、何故《なぜ》か編隊を離れて単機、迷子のように飛んできた艦載機の機銃掃射にあって危うく死にかけた。あれは敵の乗員の顔が見えるほど急降下してくるのが恐ろしい。

〈伏《ふ》せ！〉の姿勢をとるのだが、パッパッパッパッとあがる着弾の土煙りを記憶しているのは何故だろう。首を持ち上げて（危いことに）見ていたのだろうか。どうも相手も子供相手に、脅し半分からかい半分で、わざとハズして射ったのではないか。後で土に埋った弾丸をひろって見て急に震えが来た。十二〜十三センチはある機関砲の弾で、こんなものが当っていたら、子供の身体《からだ》はバラバラに引き裂かれて即死する。

震えはしたが、拾った薬莢《やっきょう》をひそかに隠し持って（これはスパイ行為、国賊的行為だ）見せびらかしては得意になっていた。

三月十日のジェノサイド

実際に戦時下の生活体験がない人には、なんともノンビリしたものに見えるかもしれない。しかしこれが〈等身大〉の、原爆も東京大空襲もその他の災禍もまだ知らない銃後の生活だった。

やがてこれが酸鼻《さんび》をきわめる事態になる。秘密の隠れ家の防空壕も、あんなものは屁《へ》の突っ張りにもならないと正体が暴露される。それどころかあれは墓場で、直撃弾はたやすく天井を突き抜けて逃げ場のない内部で爆発するし、安全だと錯覚して中に居れば、焼夷弾《しょういだん》で蒸し焼きになる運命だった。

東京で空襲が本格化したのは昭和十九年十一月、B29が七十機編隊で来襲してからで、サイパン・グアム・マリアナの南方諸島がこの年六月ごろから次々玉砕・陥落して、ここから米長距離爆撃機が日本本土へ直接飛来するようになったからだ。

二十年の二月末大雪の夜の空襲は〈大空襲〉で、東京の下町は大打撃を受けた。ぼくの家が焼けたのはこの日だが、妻は動員先の王子の兵器廠《しょう》から実家のあった深川まで、市電も何も交通手段がなく歩いて帰ったそうだ。途中、雪の路を歩けず知らない寺に泊めてもらってやっとの思いで家までたどりついたのだが、その足の冷たさといったらなかった。

半月もたたないうち、その足は数知れない屍体《したい》の山を踏みつけて歩いていた。三月十日の〈東京大空襲〉である。

ついでのことに、東京大空襲は九日と記すべきか十日と記すべきか、細かいようだが議論がある。本によっては九日だが、実際に空襲がはじまったのは十日の午前零時を廻《まわ》っていた。この空襲を記憶《い》している人は、だからたいてい十日と書く。向田邦子はこういうところは無気味なまでに正確だから「ごはん」の中では〈三月十日。〉と独立した一行ではっきり書いている。

最初はそんな大空襲ではなかった。比較的小編隊のB29がまず東京下町の周辺部を焼いた。ここが残酷なのだが、これで逃げ道がなくなる。そうしておいて三百機がいうところの絨緞《じゅうたん》爆撃で一面を火の海にする。東京の東部、全面積の四分の一、本所・深川・城東・浅草ほとんど全滅、向島・日本橋も壊滅、公式記録の死者八万余、東京湾まで流れて行った死体やいまだに地下深く眠る埋没遺体、行方不明者を入れれば十万は越すだろう。

そのほとんどが女子供と老人だったことは書いておかねばならない。成人男性はこの時兵役と徴用でほとんど東京にはいなかった。本所一丁目の死者二百三十人のうち、二十代三十代の男性は十人しかいない。戦略爆撃という名に隠れた絨緞爆撃なるものがいかに非戦闘員を殺戮《さつりく》するジェノサイド（大量虐殺）だったかがわかる（その司令官だったカーチス・ルメイに戦後日本は勲章を贈るのだが）。

真赤な空に黒いB29

「ごはん」は、三月十日の東京大空襲時の向田一家の話である。

〈その日、私は昼間、蒲田《かまた》に住んでいた級友に誘われて潮干狩に行っている。〉

暢気《のんき》なものだ、と思わないでもらいたいとくり返しておく。これが〈等身大〉のあの頃なのだ。これがアッという間に地獄になるのが〈戦時下〉の生活だった。

邦子は栄養失調のせいか脚気《かっけ》になり家に居た。父は（これだけでも幸運だが）徴兵《ちょうへい》年齢をギリギリ過ぎていて兵役に行ってなかった。そしてもっと幸運なことに住居は目黒で下町からはずいぶん離れていた。

暗闇の中で警報で起され〈おもてへ出たら、もう下町の空が真赤になっていた〉。

空襲体験者には、もうこれだけで圧倒的にリアルである。灯火管制で、とにかく灯りは使えない。ふだんでも、ちょっと灯りが家の外に洩《も》れただけで見廻りの警防団から大声で叱責《しっせき》された。「非国民‼」と怒鳴《どな》られるのだ。昭和十九年ごろから〈戦時下〉の締め付けは極端に厳しくなる一方だった。

夜の火事は近く見えるというが、街が空襲で焼尽する時の夜空の赤さは、経験した人には一生忘れられない光景だろう。そして〈真赤な空に黒いB29〉。迎撃する日本軍機はほとんどなくなり、よく絵や映画などでは描かれる探照燈の光芒《こうぼう》も、最初の頃だけですぐに絶えた。それで〈真赤な空に黒いB29〉だけが見えることになる。片言隻句《へんげんせっく》も、よく読むとリアリズム以外の何ものでもない。

それにしても、どうして音だけはあんなによく聞えたのだろう。B29の爆音、投下される爆弾のヒューッと風を切る音（この章の冒頭に出てきたB29の進入路を測る分度器より正確だったのはこの音で、それが至近弾になるかどうかを知る法だった。頭上で音がと切れると危いといわれていた）。ゴーッという風の音（空襲の火事場では颱風《たいふう》以上の風速の風が吹くのだった）――それなのに周囲は妙に静かだった。逃げまどう人々も不思議なことに阿鼻叫喚《あびきょうかん》の声はたてなかったと記憶している。

この夜の爆撃の中心からは遠かったが、それでも〈すぐ目と鼻のそば屋が焼夷弾の直撃で、一瞬にして燃え上った〉。

空襲の火は普通の火事の比ではない。爆発するように燃える。外に避難のため持ち出した荷物は爆裂して火を噴く。炎は上にあがらず横に走る。〈一瞬にして〉は誇張でもなければ文飾でもない。熱風が瞬時の酸欠死をもたらす。姉を一人この十日に喪《うしな》った妻によると、黒こげの死体は寄り添うようにうずたかい山となり、それが烈風によって吹き飛ばされ、コンクリートの壁などに遮《さえぎ》られて、斜めに積《つも》るのだそうだ。下町の川の水面は、そこで死んだ人の脂《あぶら》で真っ白になっていた。

防火用水の水はぼうふらが湧《わ》くだけで、消火には何の役にも立たなかったが、逃げる時に防空頭巾などを浸すのには、まあ役立った。邦子の父は〈駆け出そうとする弟と妹を呼びとめ〉秋草を描いた大好きな夏掛けを〈防火用水に浸し、たっぷりと水を吸わせたものを二人の頭にのせ〉競馬場あとの空地に〈叱りつけるようにして追い立てた〉。邦子は「あ、惜しい」と思ったが、弟と妹は危うく行方不明になるところだった。

行方不明――いまのぼくたちは簡単にこの言葉を使うが、いくら焼け焦げた屍体でも死を確認できればまだましなのだ。遺骸《いがい》など探しようもなく、ただ帰ってこない。残された者にとってこんな残酷な仕打ちはない。あきらめはいつになってもつくはずがない。もしかして生きているのではないか。帰ってくるのではないか――妻の家族は、妻の二番目の姉の死を確認していない。だから、いまだに諦められない、六十年経っても……。

コードバンの靴とは何か

弟と妹は翌朝帰ってきた。顔中煤《すす》だらけで、まつ毛が焼けて無くなっていた。邦子ら家族との感激の対面劇は〈不思議に記憶がない。覚えているのは、弟と妹が救急袋の乾パンを全部食べてしまったことである。うちの方面は全滅したと聞き、お父さんに叱られる心配はないと思って食べたのだという〉。

これが現実《リアル》なのだ。家の周囲の生垣を〈火のついたネズミが駆け廻るように〉火が走り、

(略)うちの中も見廻らなくてはならない。

「かまわないから土足で上れ!」

父が叫んだ。

私は生れて初めて靴をはいたまま畳の上を歩いた。

「このまま死ぬのかも知れないな」

と思いながら、泥足で畳を汚すことを面白がっている気持も少しあったような気がする。

（略）母は、あれはどういうつもりだったのか、一番気に入っていた松葉の模様の大島の上にモンペをはき、いつもの運動靴ではなく父のコードバンの靴をはいて、縦横に走り廻り、盛大に畳を汚していた。母も私と同じ気持だったのかも知れない。

一族再会のあと、父が〈この分でゆくと次は必ずやられる。最後にうまいものを食べて死のうじゃないか〉といい出す。〈母は取っておきの白米を釜《かま》いっぱい炊き上げた。私は埋めてあったさつまいもを掘り出し、これも取っておきのうどん粉と胡麻《ごま》油で、精進揚《しょうじんあげ》をこしらえた〉。この、当時間違いなく魂の飛ぶようなご馳走だった「ごはん」を、焼け跡のあの何ともいえない臭《にお》いがただよう中で〈昨夜の名残りで、ドロドロに汚れた畳の上にうすべりを敷き、泥人形のようなおやこ五人が車座になって食べた〉。被災した隣り近所に天ぷらの匂いが洩れないかと気づかい、学童疎開で甲府にいる上の妹のことを、一人だけでも助かる方がいいのか、それとも死なばもろともで出さなかった方がよかったのかと考えながら、家族は最後の晩餐《ばんさん》ならぬ〈最後の昼《ちゅう》餐《さん》〉を食べる。

〈母はひどく笑い上戸《じょうご》になっていたし、日頃は怒りっぽい父が妙にやさしく〉「もっと食べろ。まだ食べられるだろ」といって、そのあと、腹いっぱい食べた一家は〈河岸《かし》のマグロのようにならんで昼寝をした〉。そっと起き出して、しみ込んだ畳の泥を雑巾《ぞうきん》で拭《ふ》こうとする母を、父は低い声で叱った。

「掃除なんかよせ。お前も寝ろ」

父は泣いているように見えた。


「ごはん」の原文を読まれた方は、ぼくが長々と説明を付けたこの摘要と、ずいぶん印象が違うと思われたかもしれない。こちらのほうがだいぶに深刻に感じられるはずだ。向田エッセイ得意の泣き笑いの笑いの部分の印象が特に違うはずなのだ。

だいぶ余分なことを書いたような気もするのだが、これでも書き足りない。例えば土足で畳の上を歩き廻るところで母が履いていた父のコードバンの靴。

コードバンは馬の背中から尻にかけての厚めの革で、履きはじめはちょっと固いが、慣れてくれば足にピタッと合うし、何より頑丈《がんじょう》で「一生もの」といわれるほど保《も》ちがよかった。革製品の本場スペインのコルドバ産が有名で、それでこの名があるらしい。今でもそうだろうが、値段もちょっと張って、靴が生命《いのち》のサラリーマンは一足は欲しいと思ったものだ。

こんなことは今は簡単にネットで調べられる。しかし、何故、空襲下にこれを履いたかといえば、それはもちろん、火と水の中を歩くのにはこのくらい頑丈な革靴でなければならなかったからだ。運動靴では、飛んでくる（たいてい葉書大ぐらいの）火の粉も防げず、道一面が炭火の燠《おき》のようになっている中を歩けるものではない。ゴムはすぐブスブス音をたてて燃えるだろう（しかもこの頃はもう天然ものは手に入らず弱い合成ゴムだ)。金属の鋲《びょう》を打った革底でなければどうにもならなかった。中年の女の人が革の靴を持つことは和装中心のあの頃では考えられない。きっと足袋を重ねて履いた足を無理に突っこんだのだろう。

結局この靴で(幸運なことに向田家はその目に合わなかったらしいが)無数の屍体を踏みつけて歩くことになる。とてもいちいち避《よ》けて歩ける状態ではなかった、とこれは妻の証言である。戦時中を過ごした経験者は、一読してわかる。そうでなければ、これくらい筆を費やさなければわからない。向田エッセイは面白さにまぎれて重要なところをアッという間に通り過ぎてしまうところがある。

すこし精読をすればしたで、これは文飾ではないかと誤読する。ぼくの目から見ると、戦時下の事象でのそれは極めて少ないように思う。例えば〈炎の中からは、犬の吠え声が聞えた〉〈犬とは思えない凄《すさ》まじいケダモノの声は間もなく聞えなくなった〉という描写は、ぼくも同じ経験があるからよくわかる。あれは文飾ではない。すこし前のところで戦災で燃える町の不思議な静寂さのことを書いたが、その中での犬の吠え声は、不吉で、悲しく、その声だけが唯一聞える物音で、あんなに耳に残っている音は、思い出してもゾッとする警報のサイレンと双璧《そうへき》だ。

2　向田邦子は怒っていた

泣くがいやさに笑い候

「ごはん」の初出は「銀座百点」の昭和五十二年四月号（原題「心に残るあのご飯」）で、単行本収録は昭和五十三年の十一月、三年後すぐに文庫化されている。

珍しく書誌めいたデータを書いたのは、終戦から三十年とすこしのこの頃ならば、まだ空襲の記憶は今ほど遠景に遠ざかっていなかったと思われるからだ。戦後生まれ第一世代、いわゆる団塊世代はもちろん、そのちょっと下までは、空襲の話はけっこう聞かされて育ったはずで、向田作品の発表当時の中核《コア》の読者は、皆よく知っていたのである。

他の章でも触れるが、だいたい昭和四十年代までに高校の教育を終えている人とそれ以後の人では、何か人格の基本形成が大きく違っている。このあたりで、日本は（おそらく戦後二番目の）大きな変化の舵《かじ》をきったと覚《おぼ》しい。

だから、向田作品を愛する人たちはぜひ、若い世代にこうした作品の時代背景の説明《ブリーフィング》をして欲しい。いまや向田さんの（特にエッセイ）書いたものには解説がいる。

「泣くがいやさに笑い候」

こう言った文豪は誰だったか忘れたが、訳したのは辰野隆《たつのゆたか》である。向田作品の笑いにはこのなんとも味のある短句《フレーズ》がよく当てはまる。戦時下にも明るさや笑いは絶えなかったと書いたが、「ごはん」の中の笑いは、まさにこれであろう。

ただここでの笑いは、一歩引いて後世の目で見ればほとんど愚行に近い。この愚行を隠さず書けるところが向田邦子の魅力だ。

いかに日本人が愚かだったかは、次の歌を聞くとわかる。

警報だ、空襲だ
それがなんだよ備へはできてるぞ
こころ一つの隣組
護《まも》る覚悟があるからは
なんの敵機も蚊とんぼとんぼ
勝つぞ勝たうぞ
なにがなんだ空襲が

負けてたまるかどんとやるぞ

警報だ、空襲だ
焼夷弾なら護れこの火の粉だよ
最初一秒ぬれむしろ
かけてかぶせて砂で消す
見ろよ早業どんなもんだもんだ（以下略）
（「なんだ空襲」詞／大木惇夫　曲／山田耕作）

作曲の山田耕作（後に耕筰）はあの「赤とんぼ」をはじめ数々の名曲をものし、團伊玖磨《だんいくま》ら後の名作曲家たちを育てた大マエストロだし、作詞の大木は「戦友別盃の唄」等の名詩を残して今も尊敬する人が絶えない。

いくら昭和十六年（太平洋戦争突入の年だ）の戦意昂揚《こうよう》歌とはいえ、ひどい歌だと思う。いまでも覚えていて歌えるのは恥みたいなものだと、ぼくは思っている。

戦争中の行動を愚かしいものととらえ、歯がみするような後悔と、ひどい虚脱の精神状態に、終戦後の日本人（特に男性）が陥っていたことは結構忘れられている。あの三船敏郎もいた第一回の東宝ニューフェイス試験の実技問題が「私たちは馬鹿だった。ああ馬鹿だった、馬鹿だった」を大声で言ってみろというものだったことはとても象徴的だ。

では女性はどうだったろう？

一語にこめた、内心の憤り

たった一語、ほんの短い一句に思いをこめる、というのが向田邦子の作風だった。「ごはん」のそれは、この二行だろう。

「空襲」

この日本語は一体誰がつけたのか知らないが、まさに空から襲うのだ。

彼女らしくもない、気のきかない、つまらぬ文章だと思うのは間違いだ。めったにないことだが、ひどく怒っている。長いつき合いで知っているのだが、こうした不細工な、紋切り型で切口《きりこう》上《じょう》な言い方をする時は怒り心頭なのである。

〈襲う〉は夜襲・急襲といった使い方でわかるとおり、襲われる方は無防備で、襲われたらどうしようもないイメージがある言葉だ。特に、飛行機による空からの襲撃はすぐに市民への無差別殺傷の恐怖をまき散らすことが目的になった。その最初は一九三七年（昭12）スペイン内乱の時小都市ゲルニカで行われたもので、ピカソによって大画面の絵画に描かれた。しかしこの残虐の告発も、空襲のジェノサイド的側面の拡大を止めることは出来なかった。「ごはん」の三月十日の殺戮《さつりく》（最近日本の新聞もようやくこの言葉を使うようになった）も、すでにヨーロッパで行われていた爆撃手法の延長だった。ドイツのV1ロケット攻撃（当然爆撃目標は無差別になる）への報復は、目標地域の四隅に照明弾を落とし、昼のごとく照らされた居住区を絨緞爆撃するもので、名付けて「タンネンバウム（もみの木）攻撃」、歌にもあるクリスマス・ツリーのことだ。広島・長崎の原爆も、あれは空襲だ。そして今日でもアフガン・パレスチナと空襲は続いている。そのたびに必ず非戦闘員の死傷が伝えられる。

向田邦子の短い文章の〈誰がつけたのか知らないが〉の部分に注目してほしい。ここには大量虐殺される非戦闘員、女子供そして老人のどこへも持って行きようのない怒りと無力感がひしひしと感じられる。この箇所で受けたショックで以下の（一見面白おかしい）文章を読めば、それがどんなに凄まじい内心の憤《いきどお》りをもって、それこそ「泣くがいやさに笑い候」の笑いを描いているかがわかるだろう。

「細長い海」は単なる性の話なのか

となれば、彼女があの戦争を直接に遂行した男たち、つまり軍人をどう見ていたかが知りたくなる。女たちも（子供たちも）雷同し煽動《せんどう》した責任は免れないだろうが、なんといっても戦争を〈請負った〉、勝利を請負ったのは男たちだった。そしてこの件に関しては現在どうも向田邦子は誤解されている。次はそのことに関する文章だが、まず引用文を読んでいただきたい。

私は友達の女の子と二人で、堤防の上を歩いていた。海水浴の帰りで、髪は濡《ぬ》れていたが肌はサラサラで、泳いだあとの眠いような快さがあった。少し泳げるようになったこともあって、私は機嫌がよかった。小さな赤い蝦蟇口《がまぐち》をお手玉のように抛《ほう》り上げ抛り上げしながら歩いていた。

反対側から水兵さんが二人やってきた。当時高松は「築港」と呼ばれる連絡船の着く桟橋があり、戦争中だったから軍艦が寄港していたのかも知れない。水兵さんは堤防で釣をしている人をのぞき込んだりしながらゆっくりとこちらへ歩いてくる。

私は小学校三年の時、学芸会で「かもめの水兵さん」を踊ったことはあるが、本ものの水兵さんを間近に見るのは初めてだったから胸がドキドキした。ところが、すれ違いざま、先頭の水兵さんはひょっと手を出して、私が抛り上げた蝦蟇口をさらってしまった。

友達の女の子が、目をパチパチさせて私を見た。この子のキョトンとした顔はそのまま私の顔だったろうと思う。その頃、兵隊さんは絶対的な存在であった。水兵さんに蝦蟇口を掻《か》っ払われるなど、お巡りさんに泥棒されるのと同じだった。

記憶はここでプツンと切れているのだが、どうもこのあと、この時の赤い蝦蟇口を使ったような気もするので、多分水兵さんは「冗談だよ」という感じで蝦蟇口を返してくれたのだと思う。だが、私の思い出の中の絵は堤防の上をゆく、蚊トンボのようなすねをした女の子が、すれ違った水兵さんに赤い蝦蟇口をひょいとさらわれて呆然《ぼうぜん》としている場面なのである。あの日、瀬戸内海にしては珍しく風があったのか波は音を立てて堤防の左側を叩《たた》いていた。

（「細長い海」）

「細長い海」は『父の詫び状』に収められている。海水浴に関するさまざまな回想の底に流れているのは、間もなく思春期を迎える女の子の〈性〉で、中でも小学四年の時、鹿児島の海水浴場で漁師に体をまさぐられたエピソードが有名だろう。

この水兵と蝦蟇口の話は冒頭にあって、たしかに〈性〉の話の一環になっている。心理学者だったら、ひったくる pluck には花を摘《つ》む意もあるから、処女（初花に譬《たと》えられる）喪失幻想と解読するかもしれない。

しかしここに見えてくるのは性に伴う暴力を向田邦子が嫌悪したという事実である。それは少女の性恐怖という以上のもの、無意味なマチスモ（マッチョスモ machismo machosmo 男らしさの誇示）の拒否で、後に晩年の向田邦子の盛んに書く〈性〉の話に暴力的な性、性による征服のことがほとんど出てこないことは注意に値すると思う。

「その頃、兵隊さんは絶対的な存在であった」以下を見れば、軍人が発散する暴力の匂いは彼女が許容するものではなかった。

3　本当に〈軍人〉が好きだったのか

久世光彦の趣味

向田邦子は〈軍人〉が好きだった、という誤解がある。この誤解はどうも没後長く続けられたテレビ番組「向田邦子シリーズ」（正月特番や期首期末によく放送された）にあるのではないか。あのシリーズは戦時中の家庭を描くことが多くて、当然のことながら青年の将校が凜《りん》とした容姿で次々登場する。向田さんを偲《しの》んで、もっと長く生きてたくさんのテレビを書いて欲しかった一念の企画で、しかも各篇何となく向田さんのテイストが漂い、また出来がよかった。しかしあれは別人の作品である。

あの軍人群像はどうもプロデューサーであり演出家の久世（光彦《てるひこ》）の趣味だ。いささか関係者を知っているぼくはそう思えてならない。

まあ向田さんは、同時代（同年代）の女性と同じく〈軍国の乙女〉だったわけだから、颯爽《さっそう》とした若い軍人に心ときめかしても少しもおかしくない。それに久世の父君も、向田さんが常に兄事していた脚本家の柴英三郎さん（『戦後最大の誘拐・吉展ちゃん事件』『家政婦は見た！』等）の父上も著名な軍人（たしかお二人とも中将）で、周囲のそんなことが影響したのか向田ドラマには戦時中高級将校だった軍人がたしかによく登場してくる。

だが彼女は軍服も、豪傑風高笑いも、胸毛も、いわゆるマッチョなものはどうも軽侮していたと思う（「水虫侍」「胸毛」等を読むとわかる）。そして、これら元高級将校は全員かなり特色がある。

中でいちばん有名なのは、長く（5シリーズ）続いた『だいこんの花』（昭45〜52）の、これは陸軍ではなく海軍の元巡洋艦艦長永山忠臣（森繁久彌）という役だが、この長男（竹脇無我）とのジェネレーション・ギャップと嫁取りをめぐるやりとりの可笑《おか》しさといったらなかった。シリーズの終りで竹脇は必ず結婚し、また新シリーズになると独身に戻っていて、しかも離婚ではない不思議な設定で、向田は第一シリーズから参画していたが第三シリーズからは一人で全部書いた。

向田ドラマのバラ色の系統（ぼくはフランスの劇作家アヌイのそれを真似て明るく笑いに満ちたバラ色と、『あ・うん』や『阿修羅《あしゅら》のごとく』『幸福』のようなよりシリアスなノワール〈黒〉色の二つの系統があると分類している）では『寺内貫太郎一家』の貫太郎と対をなすオヤジ像だ。

元艦長のキャラクターはいかにも森繁が演じるにふさわしく（というより大幅に彼の手が入っ

ていて)、七十歳を過ぎているのに人の三倍飲みかつ食う、すぐに「おい、こら」と命令口調になり、軍隊を懐かしがり、具合が悪くなると元部下(大坂志郎)の小料理屋に逃げこむ。昔の良き日本人の美徳とアナクロがほどよく同居している——。

しかし彼が時代に遅れた敗残者なことは間違いない。彼もまた〈戦争を背負って失敗《しくじ》った〉男の一人なので、森繁が好んで軍歌を唱《うた》おうとどうしようと俳優として現役第一線を張れたのは、単なる右旋回(かつてよく流行《はや》った言葉だ)でなく、キチンと失敗者《しくじりもの》の面をその演技で描出していたからだ。もちろん向田の筆もそこを外《はず》しはしなかった。

空虚《うつろ》な男、生き生きとした女

この永山忠臣のノワール版が『冬の運動会』(昭52・1月~3月/10回)の主人公菊男(根津甚八)の祖父北沢健吉(志村喬《たかし》)だ。

昭和五十二年といえば前々年の秋に『寺内貫太郎一家2』を書き終えて(最終回だけ久世が助けた)、乳癌《がん》を手術し、前年ははじめてエッセイ『父の詫び状』を連載し出した向田が、猛烈な勢いで書きに書いた年で、この他に『だいこんの花・第5部』を書き『せい子・宙太郎』を書き、この三つが連続物で、秀作『眠り人形』をはじめとする四本の単発一時間もの、そして松本清張の「駅路」を原作とする七十分ドラマ『最後の自画像』を書き……もちろん『父の詫び状』も連載中だった。

『冬の運動会』は今でもファンが多いが、ＴＢＳの木下恵介劇場枠の「人間の歌シリーズ」の掉《ちょう》尾《び》を飾る第二十四作目だった。

で、これ以降『家族熱』『阿修羅のごとく』『あ・うん』『幸福』『蛇蝎《だかつ》のごとく』と続くノワールな向田ドラマの、これは嚆矢《こうし》の作品でもある。

この北沢健吉（73）はまず厳格な祖父として登場し、こう描写されている。

加代「もと、これ（敬礼）なのよ。連隊長だか師団長でさ、親代々、これ（敬礼）のとこもってきて、もっと偉いこれ（敬礼）ンとこから、奥さんもらっちまったんだね。朝起きてから、夜寝るまで四角四面の暮ししてたろ」

こちらはどうも元陸軍らしいことがわかる。ところが、この加代（35）は健吉のことを「うちの健ちゃん」と呼んでいるのだ。以下、加代と弟・修司との会話。

修司「月、幾《いく》らもらってンの」
加代「大きなお世話」
修司「年が離れてンだろ。ピシッと貰《もら》うもン貰っとかなきゃさ、コロッとイッちまったら、どうすンだよ」

加代「サッパリしていいじゃないか」

…………

修司「しみったれだよ。女一人、玩具《おもちゃ》にしようって人間がだよ」

加代「おもちゃじゃないよ」

修司「じゃ、なんだよ」

加代「五分五分。あたしの方が威張ってるよ」

元連隊長殿は、この女を愛人にしているらしいのだが、加代の格好を指定しているト書きが傑作で〈セーターにロングスカート、その上にチャンチャンコを羽織り、下はタビックス〉。コロコロ太って中年のオバチャン然たる藤田弓子が名キャスティングだった。

修司「女房がいンのか」

加代「六年前にお葬式出してるよ」

修司「だったら、正式に（言いかける）」

加代「ところが、息子のヨメさんてのがまた」

修司「これか（敬礼）」

加代「じゃないけど、いいとこからきてッから、キチッとして、息が抜けないんだってさ、だから、ここへくると『これが人間の暮しだなあ』。しっ散らかっててりゃしっ散らかってるほどほっとすンだってさ、『ああ、命の洗濯だ』って」

修司「だったら洗濯代、バッチリ貰いなよ」

愛人と書いたが、加代はそうは考えていないらしい。ちょうど健吉と加代が何とポップコーンを食べながら、「あーあ、一日長いよ長野県（と一つ食べる）」「こういう暮しが秋田県——じゃないだろな」「もいっぺんお店に出ようかな」「それ言われると大分県」などと他愛ないことをいっているところへ訪ねてきた警官が奥の健吉を見て「——お父さんがみえてンの……」というと「ううん。亭主」「え？　あッ！」「内縁の亭主。ネッ！」と答える。そして警官が帰った後、

加代「どして黙ってたのよ。どして、自分の口からアタシは加代の亭主です。女の一人暮しですから、お巡りさんよろしく、そういわないのさ。体裁《ていさい》ぶって」

健吉「——すまなかった」

加代「男の見栄《みえ》……三重県じゃないか」

一つ取って食べる。

健吉「——この通りだよ、加代ちゃん」

加代、白髪頭を下げる健吉がいとおしくなる。

加代「――（わざと乱暴に）愛してるの愛知県！」
　といって、またひとつ食べる。

テレビの台本は小説やエッセイにくらべて読まれないものらしいが、これくらい面白いのだからぜひ読んで下さい。ノワールの系列といってもやはり向田タッチでこう笑わせておいて、とどのつもり泣かせるのである（未見の人のため筋は書かない）。

　志村喬という重厚な名優に、ごく庶民的な性格設定をした藤田弓子を配したのは、映画好きな人ならすぐ「ああ、黒澤明の『生きる』だな」と思い当るはずだ。癌に冒された区役所の小官僚が小田切みき演じる平凡で健康な娘と識《し》り合って癒《いや》され、立直る話で、小公園のブランコで「命短し、恋せよ乙女（ゴンドラの唄《うた》）」を唱うところが映画史に残るシーンとされている。あれの進化型なのだ。

　向田邦子にしても、何から何までオリジナルで発明できたわけではない。先人の業績をベースにして作品を創作するのは当然のことだ。おまけに向田自身、文学ばかりでなく映画等にも非常に詳《くわ》しかった（ふり出しは映画雑誌だったことを忘れないようにしよう）、そのうえあの記憶力である。彼女に先行の芸術作品がどう影響しているかを調べることは、とても興味ある作業だけれど、話が横道に外《そ》れ過ぎた。

それでもこの男女関係の設定はとても興味がある。

志村喬が演じる二役はどちらも敗戦と病気によって、それまで長い間保持してきた第一の性格（軍人としての保守的で頑迷《がんめい》なそれと、小心な吏員《りいん》としての官僚的で因循《いんじゅん》なそれ）を破壊されている。彼を保護し再生させる（そこにはより人間的な第二の性格の出現がある）のは女性、積極的で強い女性なのだ。

「生きる」が封切されたのは敗戦から間もない昭和二十七年で、この頃日本の男性は身心ともポカッと穴が開いたように空虚《うつろ》で、その代り女性はその本来の生命力を発揮して生き生きしていた。このことはあの時代を知っているぼくは証言できる。

女性解放とか女権拡張とかは後世の歴史家がいっているだけで、実感はそうではない。一家の食糧を得るために物々交換（インフレで通貨・紙幣の信用がなく）のタケノコ生活（筍《たけのこ》の皮を剝《む》くように一枚一枚身の廻りの衣類が消えてゆく）で、行きはどうにか焼け残った衣裳《いしょう》をつめこみ、帰りは三拝九拝してお百姓さんからわけてもらった食糧品（米なんかはまずなくて、イモや豆だが）を入れたリックや風呂敷の重いのを背負って、身動きも出来ない買出し列車の割れた窓から入りこんで何時間も立ちつくしていた――あの女性の生命力である。闇市の（残っている写真を見るといい）売り子も多くが女性だった。女性は文字通り奮闘努力して日々の暮しを支えていた。

4　二十六歳・帽子作りの意味

スキーに行けても冷蔵庫はない

向田邦子と戦後のこと、戦後の世相に関しては、もっと注意を向けてほしい。ただうっかりすると、あの軍人好きのような誤解を招く。その例を一つだけ書いておく。

年表を見ると、

昭和三十年（一九五五）二十六歳
このころ、一年間ほど、帽子作りの個人レッスンに週一回、通う。二週に一個、帽子が完成していた。

という記述が見つかるだろう。いまの人は〝なるほど、あの向田さんだからお洒落《しゃれ》なもんだ〟と思うかもしれない。昭和三十年頃の生活を実際に体験しているぼく（大学在学中だった）は違う。あれは何かあった時に〈食べられるように〉〈手に職をつけて〉いたのだと思う。すくなくともそういう意識は充分にあってのことだと思う。

〈気に入った手袋が見つからないからという理由で、ひと冬を手袋なしですごす（昭和26年22歳）〉とか〈アメリカの雑誌でみた、何の飾りもない競泳用のエラスチック製の黒いワンピースの水着を買う。給料三ヵ月分の価格だった（昭和27年23歳）〉といった記述がすぐ隣りにあるから、そう考えるのも無理はないが、この時代の〈趣味と実益の両立〉の気分はなかなか説明がいる。

朝鮮戦争（昭25～）の特需景気で、やっと敗戦直後の飢餓状態からは脱《ぬ》け出したが、まだどうなるかわからない時代だった。それでも映画館は満員、スキーだって毎冬行けた。にもかかわらず、住んでるアパートの暖房は火鉢、冷蔵庫もなかった。

こういうアンバランスが〈戦後〉だったと思ってほしい。

向田邦子の書くものには、最晩年の『幸福』『隣りの女』に至るまで〈ミシン〉が出続ける。あのミシンだって誤解だらけだ。

もちろん今の電動と違って足踏みだが、あれは女の〈武器〉だった。武装放棄した男たちに代って、女性はミシンで戦ったのだ。子供たちの衣服はもちろん、自分のも、亭主のも、背広でもオーバーでも縫《ぬ》った。忘れてならないのは〈仕立て直し〉で、進駐軍からの放出物資（ララ物資、アメリカの古着）ぐらいしか焼け出されのわれわれには着るものがなかった。まだ日本人の体格がごく貧弱だった頃だから、たいていブカブカで着られない。そこで仕立て直しが必要になる。当然、継《つ》ぎ、繕《つくろ》い。

洋裁はまた現金収入ももたらしたから、女性は皆争ってこれを習得した。雨後の筍という言い方があるが、林立した洋裁学校に我も我もと入学した。いまのパソコン教室なんてもんじゃない。事情は切迫していた。

「新聞紙」(『霊長類ヒト科動物図鑑』所収)にこんな一節がある。新聞ガミほど便利なものはない、とあって、

玉子焼をやくときのフライパンを拭いたのも新聞ガミだったたし、弁当箱を包んだのも、新聞ガミであった。

お習字なんぞも、いきなり白い半紙に書くなどもってのほかで、うちではまず新聞紙に書かされた。(略)

洋裁のときの型紙。焼芋や油揚を包んでもらうのも、新聞紙だった。(略)

髪にコテをあてるのだが、コテの焼き加減をまず新聞をはさんでみて試すのである。

そのほか雨雪で濡れた靴に詰める(これはいまでもやる)、畳の下に敷く(大掃除のときこれを読むのが楽しみ)、ねじって焚《た》きつけ、トイレの尻の始末も……。

若い人には想像もつかないほどモノがなかった。

この中でも新聞紙の型紙。向田さんもそうだったのかと懐かしい。ファスト・フードならぬファスト・クロージングの既製服の今日では信じられないだろう。

こういうことを書き出すと切りがなくなる。

目はしのきく彼女のことだから、洋裁はもう競争相手が多くていけない。万が一の時があっても、もうそれでは食べられない。もしいけるとしたら帽子、これならまだ誰もやってない。まさに趣味と実益、ということで始めたにきまっている。

ぼくは向田邦子の観察、その作品と生き方を見る時に、こうしたたまかな（ケチくさいほどこまかな）生活感覚の考察がひどく欠けているように思えてならない。彼女のライフスタイルも文学的業績も、これを育てたのは向田家という〈昭和〉の中流家庭ばかりでなく、〈戦後〉の社会であることを忘れてはなるまい。

〈盗み〉でなく〈取り替え〉

この章の最後に一つだけ。前のところで「チーコとグランデ」のクリスマス・ケーキの最初のエピソードを後で引用すると書いた。それを書きたい。

昭和三十三年か四年のクリスマスの日に、クリスマス・ケーキを（私は）買う。ぼくも覚えているけれど、あの頃のクリスマスは本当に狂騒曲で、紙の帽子を冠《かぶ》り、七面鳥ならぬ鶏の丸焼きとケーキを抱えた酔っぱらいでどこも身動きがとれなかった。

〈それにしても私のケーキは小さかった〉

そんなことはしてくれない父に代って、家族のためのケーキを買った私は、勤めとラジオの台本書きで寝不足で、帰りの電車の中でウトウトする。

ハッと目を覚ますと、もうガランとした車内の目の前の網棚に、大きなクリスマス・ケーキの箱が、それも私のと同じ包み紙のが、置き忘れてあった。いかにも立派で大きい。

車内は二、三人の酔っぱらいが寝込んでいるだけだった。

〈こんなことがあるのだろうか。誰も見ていない。取り替えようと思った。体がカアッと熱くなり、脇《わき》の下が汗ばむのが自分で判《わか》った〉

もちろん、そんなことはなく〈電車はホームにすべりこみ、私は自分の小さなケーキを抱えて電車を下りた〉。

最後の三行が、やはり巧い。


ビールの酔いも手伝って、私は笑いながら、

「メリイ・クリスマス」

といってみた。不意に涙が溢《あふ》れた。

微妙な心の揺れを描いて、いかにも向田エッセイらしい——というのが大方《おおかた》の評だろう。たしかにその通りだが、ぼくの感想はすこし違う。もうちょっと深刻、といっていいかもしれない。

終戦直後、日本中が極端なモノ不足で、日本人が本当に惨《みじ》めな生活をしていた昭和二十年から、朝鮮戦争がはじまって特需でやっと息がつけるようになる二十五年くらいまで、銭湯に行くとき（内風呂《うち》なんてどこの家にもなかった。風呂桶《おけ》があっても燃料がない）必ず家中でいちばんボロボロのもの（もちろんちゃんとした衣料なんかどこにもないのだが、その中でもいちばん悪いもの、上衣・セーター・ズボン、下着にいたるまで）を着て行く習慣だった（すくなくとも都会ではそうだった）。

なんでそんなことをするのか。

〈取り替え〉られてしまうからだ。ちょっとでも何とかなるものを着てゆけば、入浴している間に脱衣場の籠《かご》の中から見事に消えてしまう。

何回かそうした目に合っているうちに、誰もがいちばん汚い、破けたり裂けたりしたものを着て行くようになった。なおその上、全《すべ》てを持っていった風呂敷に包んで厳重に結ぶ。そして風呂に入っている間も、洗い場にいる間も、脱衣場との間のガラス戸（曇《くも》りガラスはごく少なく、ほとんど透けて見えた）ごしに監視している。自分の家の風呂敷は、その目星《めぼし》をつけるのに格好だったので、誰もが風呂敷持参だった。

もちろん、履きものはチビた下駄、傘は骨の折れたもの——マンガのようだが、真実《ほんとう》だ。ところが不思議なことに、これは〈盗み〉ではなかった。なくなったセーターの代わりには（もっと汚い、破れ目だらけの）セーターのようなものが置いてある。パンツの代わり（さすがにはけなかったが）も、もっと磨《す》り減った代わりの下駄も、何故か置いてある。

だからこれは〈盗み〉ではない。あくまで〈取り替え〉なのだ。

なんともイジマしい。これはいいわけだろうか、プライドだろうか。面白いことにこの言い方は被害者側からいい出され定着していったらしいことだ。今日はやられたが、明日は自分がやってしまうかもしれない。皆、そう考えていたのだ。

どううまく話したところで〈取り替え〉の〈心の傷〉はわからないだろう。盗みの恥よりずっと微妙で、しかも癒しにくいような気がする。

でも向田邦子を理解するとすれば、この時の涙の真の意味を噛《か》みしめないわけにはいかないのだ。

第五章

もっと自由に、もっと辛辣に

——向田邦子の小説①

1　三つの作品群

向田邦子の〈小説〉は、どういうものだろう。

向田邦子にとって〈小説〉は何だったのだろう。

意図的に変えた作風

小説を発表しだしてから、たった一年と数ヶ月で他界してしまったのだから、その数はきわめて少ない。便宜上三つのグループに分けてみる。

グループ①

●単行本『思い出トランプ』所収の十三篇（「小説新潮」昭和55年2月号から翌年2月号まで連載）。単行本の順序とは違うが、発表順に記す。

「りんごの皮」「男眉《まゆ》」「花の名前」「かわうそ」「犬小屋」「大根の月」「だらだら坂」「酸っぱい家族」「マンハッタン」「三枚肉」「はめ殺し窓」「綿ごみ（「耳」と改題）」「ダウト」。

グループ②

●『男どき女どき』のアンブレラ・タイトルで昭和56年7月号〜10月号の「小説新潮」に連載され、八月の死によって四本で中断したもの。

「鮒《ふな》」「ビリケン」「三角波」「嘘つき卵」。

●「小説新潮」以外に掲載された三篇。

「下駄」(「別冊文藝春秋」昭和55年秋季号)「胡桃《くるみ》の部屋」(「オール讀物」56年3月号)「春が来た」(「オール讀物」同10月号)。

これらは次の「隣りの女」「幸福」を加えて単行本『隣りの女』としてまとめられている。

グループ③

●テレビに書き下《おろ》され、向田自身によって小説化されたもの。グループ①②はすべて短篇だが、これらはやや長い。

「あ・うん」(「別冊文藝春秋」昭和55年春季号)「幸福」(「オール讀物」同9月号)「やじろべえ」(「あ・うん」パートII「オール讀物」56年6月号)「隣りの女」(「サンデー毎日」同5月10日号)。

グループ③に関しては別に扱うことにする。

便宜上と書いたが、そうでもない。大体この並びで、発表順(いつも〆切りギリギリだったから、イコール執筆順）になる。

こう並べるとグループ①と②はひどく違うことがわかる。発表した出版社は違うがグループ②の諸作品には共通したある特色がある。

つまり向田はその短い小説の制作期間の中で、作風が変った。そしてその作風変化は、彼女が相当意図的に（後で単行本にまとめるために）雑誌掲載の小説のテイストをいくつかのグループに分けて執筆していることの証左になる。

実はグループごとに一貫したテーマがあるのだ。それは一見しては見つからない。もしかすると向田自身がどれほど意識していたかもわからない。意図的といったが、無意識的だったのかもしれない。しかしいつも〆切りに追われていたからといって、彼女はその場しのぎで書いていたのではない。もっと怜悧《れいり》で、したたかに、後で一巻の短篇集としてまとまるように創作していたのだ。

その跡をたずねてみよう。まずグループ①からはじめてみる。

その前に謝っておきたいことがある。短篇小説の筋《すじ》（プロット）をあらかじめ割《わ》ってしまうと、読む興味はたしかに減殺《げんさい》される。特に結末部分、なるほどもっともだと思ったり、意外性に驚いたり、読後感がより深くなるような話のオチを書いてしまうのは禁じ手だろう。

しかし、ここでそれを書かないと論が進まない。申し訳ないが触れざるを得ないことをおことわりしておきたい。

エッセイと小説の違い

実践女子高等学校の同級生だった当時の「小説新潮」の編集長川野黎子《れいこ》にすすめられて小説に手を染めたのは向田邦子が五十を過ぎてからである。すでにテレビの脚本家としてばかりでなく散文を書くエッセイストとしても名が高くなっていたのだから、小説を書かないかとすすめるのは編集者としては当然のことだろう。

向田のほうも、ある意味で行き詰まりを感じていたのではないか。

彼女が散文を書きはじめたのは、テレビドラマの共同作業（プロデューサーがいて演出家がいて役者がいて、スポンサーがいて代理店がいて）と集団の視聴者《マス》が相手ということに疲労と限界を感じたからだ（テレビのライターは必ずこのことをコボす。彼女からもずいぶんこの悩みを聞いた）。そして一人で完結する散文《エッセイ》を書き始めた。これが成功する。

ただ、ここでも行く手に壁が出来た。行き詰まりの原因は成功の原因と同じで、父親を筆頭とする家族の想い出に主として材を採ったからだ。

向田エッセイの強味は、彼女が修練を積んだホームドラマに〈過去〉を持ち込んだことだろう。ホームドラマは原則〈一日一晩〉の話であって、そこでは時制は現在しかない。しかし人間の生活に過去は大量に埋め込まれているはずなのだ。その過去に筆が及べばホームドラマはシリアスドラマになる。ただ過去のことを登場人物が長々と喋《しゃべ》ってばかりいたのでは、ドラマに（すくなくともテレビドラマには）ならない。エッセイならそれが出来る。いや小説ならもっと出来る。日常の生活にフッと出てくる過去――。このことは後でもう少し書きたい。

身の廻《まわ》りのネタを書き尽《つ》したから行き詰まったのではない。エッセイ、特に彼女が評判を得たジャンルのエッセイでは〈自分が見たり聞いたり経験したり〉のスタイルで書かなければならない。これに参《まい》った、のだろうと思う。記憶力で売り出した彼女が、こんどは〈その記憶力で書くというスタイル〉に縛られだした。

人間観察に長《た》けていたから、いくらでもストックはある。もっと自由に書きたい。いろんな人間を、もっと辛辣《しんらつ》に書きたい。

こうして書き出した小説だったが、第一作第二作は習作としか言いようがない。「りんごの皮」でも「男眉」でも、まだエッセイと見分けがつかない。

文芸論をやるつもりはないが、ぼくは小説とエッセイは、こう違うと思っている。

小説では――

登場する作中人物の気持ち、境遇、人間関係などが、筋《プロット》の進行に従って、変化する。この変化を描くのが眼目《がんもく》になる。

エッセイでは――

この変化は必ずしも必要ではない。変化はむしろ読者の心の中に起るだろう。

小説「胡桃の部屋」とエッセイ「チーコとグランデ」の一部とは、題材もそれを扱う作者の感触もほとんど同一といっていいことはもう指摘しておいた。二つを比較してみれば小説とエッセイの違いは明瞭だ。

「チーコとグランデ」の〈だんだんと家族の中での自分の位置が父親代わりになってゆく〉恐怖は「胡桃の部屋」では父親の蒸発と女との同棲《どうせい》という潤色がされ、桃太郎こと桃子の成就しない先輩男性への思慕や、父と母の奇妙な夫婦関係の暴露といったフィクションが追加されて、桃子の〈変化〉に焦点が当るようになっている。

小説には〈時間の流れ〉があり、その中で主人公の変化が起るのだが、エッセイの時間は〈停《と》まっている〉といってもいい。エッセイに長篇が成立せず、小説では長篇がむしろ本道であるのは、この理由による。

〈変化〉しない主人公

「りんごの皮」も「男眉」も、この主人公の〈変化〉がない。だからエッセイとの区別がつかない。

「りんごの皮」は染めた髪の根元の白さが気になる年齢の時子が、自宅マンションの玄関口で男と抱き合っているところを弟に見られてしまうところからはじまる。相手は不倫である。弟は、子供が成長して手狭《てぜま》になった公団住宅を出て新しく住居を構える頭金の一部を姉に借りるつもりでいる。

こういう破目《はめ》になった時、この弟はいつでも何も言わない、何も見なかった顔をする。しかし時子は大学一年の時、高校二年のこの弟と一晩、電気の来てない空室《あきや》ですごした時のことを思い出す……そこに暴力団まがいの男たちが現れて……。

エッセイにはないドラマチックなシチュエーションだし、それまでほのめかししか出来なかった性の話も出てくる。注目すべきはエッセイでは全然書かれなかった兄弟姉妹との人間関係がはっきり出現することだろう。

こうした小説ならではの特色はあるのだけれども、やはりこれは小説ではない。時子が作品の中で〈変化〉しないからである。話のシークエンス・チェンジのつなぎは〈りんごの皮〉が使われてタイトルもそうつけられているのだけれど、これも彼女のエッセイの得意な手で、つまりは同工異曲なのだ。

「男眉」は毛抜きで抜いてないとつながってしまう太くて濃い眉毛を持った麻《あさ》という女の話で、対照的な細くて柔らかく曲った地蔵《じぞう》眉の妹が登場する。妹は体つきも骨細で、肌も色白ですべすべしている。

ここでも主人公に〈変化〉がないから、小説としては習作でしかないだろう。しかし結末近く恐ろしいような所がある。麻の父の葬式のときである。夫が喪服を着た麻のことを「こいつは、喪服より、袴《はかま》をはいて白い鉢巻しめて、白虎隊《びやっこたい》の剣舞《けんぶ》でもやってるほうが似合うよ」という。妹は声も立てず笑って聞いている。夫は骨細できゃしゃな女が好きだと公言している。

妹がそっと席を立って出て行った。手洗いに入ったらしい。こういう呼吸がうまい女である。（略）

水を流す音が聞えた時、入れ替りのように夫が立ち上った。これも手洗いらしい。麻は、

「あ、嫌だな」

と思った。

女房ならともかく、よその女のすぐあとに入らなくてもいいではないか。（略）

向うから、手のしめり気を気にしながらもどってきた妹は、夫とすれ違いざま、ほんのすこし、すれ違ったほうの肩を落とし、目だけで笑いかけた。

「お先に」

でもあり、

「嫌ねえ、義兄《にい》さん」

ともとれる。

「ふふふふ」

という声にならない含み笑いにも受取れた。

なるほど、こういうことが書きたかったのか。これは（自分の経験したことを書くのがエッセイの原則だとすれば）書けない。三人称で書く小説だからこそここまで書ける。

それでも、やはりこれは小説ではない。

だが、三作目で向田邦子の小説は大きくジャンプする。

2 「花の名前」はなぜ傑作か

向田邦子が手に入れた〈構成法〉

三作目は「花の名前」である。

常子のところへ電話がかかって来る。断るまでもないがケータイではない。小布団が敷かれた黒色のダイヤル電話である。電話機の下の小布団を見た時、夫は「なんだ、これは」「おれは座布団なしで育ったんだぞ」といった。

「奥さんですか」

はじめて聞く女の声だった。

「どなたさま」

しばらく沈黙があって、

「ご主人にお世話になっているものですが」

うまい出だしだ。女の名前を聞くと、

「つわぶきのつわです」

「石の蕗《ふき》と書く――」

「いえ、ひらがなでつわ子」

夫に女がいた。座布団なしの子供時代、名門校に入り、首席になることを親にいわれて大きくなり、数学と経済原論だけが頭にあり、世間並のことは冠婚葬祭のつきあいも、ネクタイの色も、部下の仲人を頼まれた時の挨拶《あいさつ》も、みんな常子が教えた、その夫が。

そればかりではない、ほうれん草と小松菜のちがい、鱸《すずき》と鯔《ぼら》のちがい、何も知らなかった。とりわけ花の名前は桜と菊と百合《ゆり》しか知らない。「桜だけは自信があります。ぼくの中学の徽章《きしょう》ですから」と結婚前の夫がいう。常子はこういうところに心を動かされた（向田のこの手のエピソードのくり出しかたの巧さといったらない）。その夫にありとあらゆる花の名前を教えたのは常子である。上役の夫人の活《い》けた花材をいい当てて気に入られた夫が有頂天になって「お前のおかげで、人間らしくなれた」と畳に手をついたのは何時《いつ》だったか。

夫への優越感、その夫の順当な出世がもたらす世間への勝ち組意識は、一本の電話で脆《もろ》くも崩れた。

ところがホテルで会った二流のバーのママらしい女は意外にも衣裳《いしょう》も化粧も地味で、おっとりと品も悪くない。

常子は、夫がこの女を好きになったのは、名前が花の名前だからだろうと思った。それなら全部常子が教えたのだ。常子の優越感は再び回復する。


「教えた甲斐《かい》があったわ」

常子は呟《つぶや》き、もう一度大きな声で笑った。

無理に笑っていた。

女から、夫はバーでは常子のことを「うちの先生」と呼んでいることを知った。わずかに取り戻した優越感の勢いで、帰ってきた夫に「つわぶきの花、知ってます」と聞くと「黄色い花だろ」。「つわ子って人、知ってる」「此《こ》の頃、見かけないなあ、あの花は」「電話があったわよ。あのひと、一体……」「終ったはなしだよ」と夫はとりあわない。奥へ入ってゆく夫の、
またひと廻り、軀《からだ》が大きく分厚く見えた。その背中は、
「それがどうした」

と言っていた。

そういえば、ホテルで、

「つわ子って、珍しいお名前ねえ。うちの主人、すぐ言いましたでしょ。つわぶきからとったなって」（略）

「いいえ別に」

つわ子は、ゆっくり答えた。

「そういえば、ご主人、あとになって言ってたわねえ。君のおふくろさん、つわりが重かったのかいって」

面白くて、残酷で、スリリングで、意味があって――これは間違いなく〈小説〉だ。主人公の常子は勝ち組から負け組へ、そして又勝ち組へと、二転三転する。かかってきた一本の電話からはじまる筋《プロット》に沿って……。短い間に起るこの主人公の変化が〈小説〉というものだろう。

そればかりではない。向田邦子はここで、短篇小説を書くうえでの一つの〈フォーマット＝構成法〉を手に入れた。以後、発表順に「かわうそ」「犬小屋」「大根の月」「だらだら坂」と、そのフォーマットで続けて書いた作品はいずれも素晴しい出来だ。

実際「花の名前」「かわうそ」「犬小屋」の雑誌発表の三作だけで（まことに異例中の異例だそうだが）第八十三回直木三十五賞を受賞するのだ。運の強さは、この三作が彼女の短篇小説の中で本当にいいものだからだ。

その傑作を生んだ〈構成法〉とは何だろう。

仮に〈サイレント・ストーン法〉とでも言おうか。

埋め込まれた、危険な存在

胆石《たんせき》という病気がある。胆嚢《たんのう》や胆管に胆汁の結石が出来る。これが激痛をもたらす。なんでも知られている限り第二の痛みだそうで（第一は膵臓《すいぞう》惨劇・壊死《えし》だという）、ぼくも持病だったからよくわかる。

ところが結石があっても、痛くも何ともない時がある。これをサイレント・ストーン（沈黙の石）という。胆石以外にも結石にはしばしば沈黙の時期があり、非常に長期間、あるいは自覚症状のないまま排出されてしまうことがある。

また、肝臓はダメージがあってもなかなか痛みを伴わない。だから沈黙の臓器と呼ばれる。痛みが出たら致命的である。

他のたとえでいえば、敵国に送り込まれたスパイが、何十年にもわたってその国で健全な市民として生活し、社会的に高い地位を獲得して情報収集が可能になってからスパイとして活躍し出すことがある。いわゆるモール（もぐら）がこれだ。日本でも昔の忍者にこれと同種のものがあり、〈草（忍）〉と呼ばれていたそうだ。

向田邦子の「花の名前」以下の短篇には、このサイレント・ストーン、モール、草のような人物が埋め込まれている。

「花の名前」でいえば、夫の女であるつわ子がそれだろう。顔も名前も知らないのだから、これはサイレント・ストーンである。しかし一度口を開けば激烈な痛みをおこす。

つわ子の存在の前に、布石のように、これは人ではないが物のサイレント・ストーンが置かれている。電話だ。

当時の電話がいまのケータイと大きく違うところは、誰からかかってくるかわからないことで、人生を揺るがすような大事件も、日頃のちょっとした気軽いお喋りも、かかってくる合図は同じベルの音である。

〈黒く伸びた電話のコードの先に闇があって、その闇のなかに女がひとり坐っている。顔も姿も見えないが、自分と同じように受話器を持って坐っている〉という描写は電話機の持つサイレント・ストーン的な恐怖をよく表している。

それでも、敏感な読者はどうもつわ子は偽《フェイク》の、目くらまし《ダミー》のサイレント・ストーンではないかと気づくはずだ。本物の〝沈黙の石〟は夫だ。常子が気づいていなかった、夫の真実の半身、知らない間に怪物のように変化、成長してしまった夫ではないか。その石は、いまはじめて口を開いて「それがどうした」といったのだ。
もしかすると、この〝半身の夫〟こそ、この小説の真の主人公ではあるまいか。この半身の恐ろしい変化こそ、小説の主人公の変化といえるのではないか。そこのところは作者がわざと黙っているから、余計にこわいのだ。

もしお手元に『思い出トランプ』があったら、「かわうそ」はもちろん、「犬小屋」「大根の月」「だらだら坂」のページをくって頂きたい。
「犬小屋」の魚富のカッちゃん
「大根の月」の子供の健太
「だらだら坂」の目ン無い千鳥のトミ子
これらは全員、物語の中のサイレント・ストーンではないか。
いちばんわかりやすいのは「犬小屋」のカッちゃんだろう。黙っているカッちゃんの心の中は後でわかるのだが、ここではもう書かない。ぜひ本篇を読んでほしい。重要なのは「花の名前」の電話機に当る犬小屋であり、物言わぬ犬の影虎かもしれない。あるいはエピソードとしてちらっと出てくる〈犬地図〉――人間の考える地図とは全く別のもので、どことどこの電柱にはおれの匂《にお》いをつけてある、どこにいじめっ子がいて、どこにご馳走《ちそう》をくれるうちがあり、どこに憧《あこが》れの牝《めす》がいるか——のネーミングの巧さに舌を巻くべきなのか。又は、もう家を出ていてめったに帰ってこない兄、「お前、匂いが変ったな、魚くさくなったぞ」と一言だけ犬に呟く兄にサイレント・ストーンの影を見出すべきなのか。

「大根の月」では凄惨なまでの嫁《よめ》姑《しゅうとめ》戦争で、間に入ってひたすら黙っている夫が〝沈黙の石〟なのだろうか。たしかに最後のところでアッという行動をとるけれども、やはりずっと黙っていて、すべてを解決する〈神の声〉のような言葉を発する息子の健太こそサイレント・ストーンの名にふさわしい。

筋《プロット》を割らないために、ずいぶん中途半端な書き方になったが、未読の方のためにだから仕方がない。

「かわうそ」のことは後に、残念だがもうちょっと踏み込んで書かないといけないけれども、他の諸作品はこんなところで勘弁してもらいたい。

サイレント・ストーンを使ったこうした構成・書法《フォーマット》を向田はいつごろから考え、使用しはじめたのだろうか。それを考えるのに最適な作品がある。

それがテレビ『幸福』で、ここでしばらくこの番組の話をしたい。これこそサイレント・ストーンを主人公にしたドラマなのだ。

3　ドラマ『幸福』で告発したもの

台本なしで撮ってきた映像

『幸福』は昭和五十五年七月二十五日に第一回が放送され（十三回、10・17まで放映）、ということは『思い出トランプ』に収められた小説と同時期に台本が書かれている。ぼくは早くに亡くなった浅生憲章と共に演出を担当したが、おかげであの直木賞受賞の騒ぎに見事に巻き込まれた。騒動の詳細はエッセイ「直木台風」を読まれたい。それで――なにしろ原稿が来ない――。『幸福』の脚本《シナリオ》は、いま岩波現代文庫で読めるけれど、その第二回に数夫と組子の主人公二人が上野の動物園に行くシーンがある。そこでのセリフが「数夫（声）」「組子（声）」と全部（声）になっているのが異様だが、これは映像と音声が別々になっているという脚本上の指定である。指定も何も、台本なしで映像だけロケしたのだから仕方がない。当日どうしても原稿が来ない。とにかくその日にロケをアゲておかないとオンエアーが間に合わない。徹夜して待っていて、せめてロケ部分だけでも下さいと懇願したのに、来ない。とうとうキレたぼくが、全部サイレントで勝手に画だけ撮ってきたのだ。

まア、こんな演出をしていいはずはない。おっかなびっくり夕方ロケから帰ってきたら、やっと原稿が届いた。不思議なことに撮ってきたものと全く違和感がないではないか。書かれているセリフを〈内心の声〉として扱えば何の変更もいらない。

口元がはっきり写ると困るから、なるべく見えないようなアングルにしておいたのだが、偶然、園内の道路にウルトラマンのお面が落ちていた。それを拾って組子が自分の顔を隠して喋《しゃべ》ることにした。数夫がその面を外《はず》して彼女の顔を覗《のぞ》きこむカットも撮った。ちょうど象の檻《おり》の前だった。ところが遅れて来た台本には——、

組子（声）「象みて泣いたんですって」

数夫（声）「こわかったのかな」

組子（声）「何みても泣かなくなっちゃったら、おしまいね。あの頃からもう一度やり直したいな」

×　×　×

組子（声）「他《ほか》の女はいいの、でも妹だけはいや」

数夫（声）「妹だから、ひかれたんだと思うけどね」

組子（声）「あたし、それだけは本気でおこってんのよ」

数夫（声）「怒る顔がいちばんいいな」

この最後のところでお面をとり外す動きを入れれば、まるでシナリオを見てコンテをたて芝居をつけたようにピッタリはまる。こちらのロケ現場をこっそり偵察して書いたようだ。あの当時の脚本家と演出家は、これくらいは以心伝心だった。

「『幸福』は好きな作品なのよ。読んでほしいの、観てほしいの」と本人がよくいっていたと、これは妹の向田和子さんの証言である。

図式的な登場人物、紋切り型のエピグラフ

第1回目、冒頭の〈ト書き〉はこうだ。

●海老取川《えびとりがわ》

川というより大きな堀割《ほりわ》りに近い。
大森南《おおもりみなみ》から糀谷《こうじや》一帯を流れて海に注いでいる。
もとは漁港だったおもかげを残して、小さな漁船や廃船がくっつき合って舫《もや》っている。
川向うは羽田空港。手前は町工場の一帯である。
「つり船あります」の札も揺れている。

殺風景な堤防に、女が日傘をさして、ひとりしゃがんでいる。倉田組子《くみこ》(40)。糊《のり》の落ちた浴衣《ゆかた》。腰をペタンと落した自堕落な坐り方。洗いっぱなしで無造作に束ねただけの髪。白粉《おしろい》気のない顔。その目は別に何も見ていない。

女はのろのろと立ち上り、歩き出す。

夏のひる下りである。

●**街**

歩いてゆく組子。

大工場にはさまれたごみごみした町工場。

閉鎖してしまった小さな工場。

古い海苔《のり》屋。しもたや。

路地には手入れのいい植木。

ドラムカンの浮いた堀割り。

立ち腐れた工員寮。

にぎやかな一帯の森ケ崎本通りの看板の上を飛行機がかすめるように飛んでゆく。

誰も空を見上げたりしない。

ト書きはまだ続いて、これの倍くらいある。こんな長い情景描写・人物描写がある向田の脚本をぼくは見たことがない。そんな面倒なことはしないのである。もっとも、この糀谷のような場所は現代ものの向田ドラマにはまず出てこなかった。誰もが想像できる普通の場所の、普通の家庭（職業だけがテレビドラマの約束で毎回変る）が彼女の主戦場だった。

これは最近はじめた小説の影響だなと思ったものだ。いま向田邦子の頭の中では、小説とテレビドラマは一緒になっている、と。

頭の上を低く飛ぶ羽田空港発着の飛行機の騒音と町工場の機械の立てるやかましい音でよくセリフも聞えない（そのくせ、それらの音が止《や》むと、ひどくシーンとしてしまう）この土地で展開されるのは、これも向田にとってはやっと解禁になった兄弟姉妹の話、それも男兄弟と女姉妹の二組が出てくる（男兄弟には末の妹がいる）、そして想像通り性的に交錯する話だ。

主役は（テレビのタイトル順でもトップに来ている）数夫（竹脇無我）だろう。この糀谷の、だいぶ経営の苦しい、工員といってもあと一人が出たり入ったりするくらいの小工場で油にまみれている。素子《もとこ》（中田喜子）という、ミシンの内職でかつかつ食べている（だから現代よりもちょっと前の時代設定）彼女がいる。もうとっくに肉体関係もある素子が、いつか自分たちの家に上がり込んで数夫と同棲ということになるんじゃないかと、気をもんでいるのは数夫の妹踏子（岸本加代子）だ。

一方、数夫と踏子の兄太一郎（山崎努）はエリート商社マンで出世街道をばく進している。もちろん数夫たちとはほとんど交際がない（ただ踏子だけは、時々脅迫まがいに金をせびりに行くらしいが）。太一郎の出世の糸口は専務の娘と結婚したからで、そのために彼は一人の女を捨てた。それが素子の姉の組子（岸恵子）である。

この組子と数夫は過去に一度だけ関係を持ったことがある。誰にも知られてないはずだが一人だけ現場を見てしまった人間がいる。数夫の友人八木沢（津川雅彦）だった。しかし組子と数夫は一度だけの関係以上の気持をその前もその後もずっと持ち続けている。

長らくこの土地を離れて行方がわからなかった組子が、小料理屋を開くためにふらりと戻ってくるところから物語ははじまる。それが冒頭のシーンである。

ずいぶん図式的な人物配置だと思われるだろう。しかしこれは作者の仕掛けた罠《わな》なのだ。ステレオタイプに見えるのは人物ばかりではない。『幸福』には最初にエピグラフがあって、

素顔の幸福は、しみもあれば涙の痕《あと》もあります。思いがけない片隅に、不幸のなかに転がっています。

屑《くず》ダイヤより小さいそれに気がついて掌《てのひら》にすくい上げることの出来る人を、幸福というのかもしれません。

最初に脚本をもらった時、やや呆然《ぼうぜん》としたものだ。何という通俗、こんな句《フレーズ》を毎回タイトルの

しょっぱなに出すのかよ、と鼻白んだ覚えがある。

のちのちわかってきた。このあざといまでの紋切り型だからこそ、与えられるインパクトというものがあるのだ。『幸福』に関しては後の第七章「向田邦子と〈性〉」のところでもう一度触れるから、ここでは主人公の数夫が極端な無口、ほとんど喋らない人物に設定されていることだけを指摘しておこう。

向田邦子が仕掛けたマジック

いやもう、こんなにセリフの少ない連続ドラマの主人公は見たことがない。「今度の回は七つしかないよ!!」と無我君が悲しいような嬉しいような悲鳴をあげていたことを思い出す。セリフの数は俳優にとっては、ある意味で評価の尺度だからだ。しかも、あっても「――うん」とか「ああ――」とか、ひどく短い。覚える苦労は少ないが、演技は(なにしろほとんどのシーンに出ている主役なのだから)ひどく難しくなる。しかしこの役は竹脇無我としては代表作だろう。ベストプレイである。

「おみおつけと、おつゆ、どっちがいい」と聞くと「どっちでもいいや」としか答えない数夫のことを妹の踏子は、

「うちの兄ちゃんは何にも持っていません。いい年をして、奥さんも子供も貯金も、将来こうしようという夢も、何にもないんです」

という。しかし数夫の沈黙の設定は、回を重ねてゆくと、単なる性格設定からこう変る。

「何か、ふだん喋んない人が口を開くと、有難いことのように聞えるなあ」

これが向田邦子の仕掛けたマジックだった。

数夫のポツンと喋る言葉は〝神託〟のように響くのだ。このドラマの中で数夫という役に負わされた役目は何なのだろうか。

もちろん、ドラマは複雑で重層的なものだから、数夫の役が視聴者に与えるものはいくつもあるだろう。しかしあえて絞るとすれば、いやこれは無口な数夫に代って兄の太一郎に代弁してもらおう。最終回にこのセリフはある。

太一郎「子供の時分から――年は離れてたけど、まあ子供の時分から、オレは徹底的にやるほう。お前はいい加減。靴みがきから勉強まで、みんなそうだよ」
数夫「――」
太一郎「お前は、やれば出来るんだ。それを、オレにタテつくみたいにわざと怠けてる。『なにやってんだ。そんなことで世の中、通ると思うか。オレを見ろ、オレを』死んだおやじの分まで、オレ、むきになって頑張って――お前がいい加減にやればやるほど、オレは徹底的にやった。お前は、そういうオレに反撥《はんぱつ》して、わざといい加減に――（笑って）ずい分長いイタチごっこだったよ」

数夫、急にしみじみとこんなことを切り出す太一郎の真意をつかみかねて戸惑っている。

太一郎「――二つあると、オレは、絶対にいいほう、先へ行って得なほうをとった。お前は、わざと、えこじになって悪いほう、損なほうを抱えこんだ。出世考えて、オレが、つきあってた女、ドタン場で捨てて、上司の娘と結婚すると、お前は、オレにあてつけるように大学の受験、サボッて、町工場へつとめた――」

数夫はこのドラマが放映された当時の日本人の（正しくは昭和を通じての、特に終戦以後の経済成長期をずっと通じての）ライフスタイルの反対にいる。「競争」「出世」（この後に「成長」「拡大」「消費」「繁栄」……等々の言葉がいくらでも続く）の対極にある人間だ。

当時、昭和五十五年（「ルンルン」とか「おいしい生活」といった流行語が出現するのは翌々年の五十七年、その前年に向田邦子はこの世を去っているのだが）に数夫のような人間はドロップアウト＝脱落者といわれた。いまは生活をスローダウンした人たちと呼ばれる。それだけ社会全体がこのことの必然性、必要性を感じているのだろう。正直いって、この『幸福』を演出している時、ちょうどバブル期にさしかかっていた頃だが、ぼくはきちんとはそれを認識していなかった。今DVDを見直してみても恥かしい。向田さんの先見の明である。

「競争」「出世」の社会には、そのために生じた数々の〈虚飾〉がある。数夫は決して声高に指《し》弾《だん》したり、長広舌《ちょうこうぜつ》を振《ふる》ったりしない。温和に、優しく、その生き方で虚飾の不自然さ、貧しさ、傲慢《ごうまん》さ、みじめさを照らしだすだけだが、しかし虚飾の〈告発者〉、もっとも鋭い告発者であることに変りはない。

向田邦子のエッセイが（少女の目から見た）倫理あるいは美の審判だったことを思い出してほしい（第二章を見て下さい）。形を変えて、あの時の少女はフィクションの中のサイレント・ストーン（告発者）として現れたのだ。

4　自己処罰の物語

小説の裏に流れるテーマ

向田邦子の小説にはさまざま多くのテーマが盛り込まれているところが貴重なのだが、例えば「花の名前」で〝沈黙の石《サイレント・ストーン》〟（夫の女でも夫そのものでもいいのだが）が口を開いて告発しているのは常子という主人公のどういう部分なのだろうか。

それはどうも常子の〈家庭の主婦〉、賢くて、幸せで、自己満足している〈主婦〉の部分であるように思えてならない。

実は〈専業主婦〉という言葉が現れるのはずっと遅くて、昭和四十年代、日本の経済がレールに乗って、全体に豊かになってからである。それまでは食べるに困る恐怖心、向田邦子の世代を駆り立てていた〈家長＝ブレッドウイナーかせぎ手〉にならざるを得なくなる恐怖心が支配的だったのだ。

いまだに専業主婦の座を獲得できずにいる夫の女、二流のバーのマダムと設定されているこの女は働く女の変種だろう。矢はここから放たれたのだ。

まったく逆の見方も出来る。

戦後、いったん成立したかに見えた〈女性の解放〉は、ちゃんとした〈女性の自立〉をもたらしはしなかった。専業主婦と呼ばれる、主婦しか出来ない（させてもらえない）女性を大量に生み出した。経済の復興と共に男性優位の社会も復活した。そしてすぐに女性を中枢部分からはじき出した。彼女たちは子育てと、この常子のように、お茶や生《い》け花に、花の名前を覚えることに専念せざるを得なかった。あるいは夫や子供たち（特に息子）を背後から操作する（たとえ錯覚であっても）ことに熱中した。

向田邦子の小説は、一見して人間の〈いつでも変らない業《ごう》のようなもの〉を描いているかに見えて、実はとても〈その時代に特有の問題〉が裏に流れている小説だ。


「だらだら坂」には、集団就職で地方から上京してきた女の子たちはその後どうなったかの問題が背後にあるし、大きくいって〈都市化〉の問題がある。「犬小屋」にはもちろん〈差別〉の問題がある。「大根の月」には〈家族〉、核家族化や附随して起る嫁姑の問題が〈夫の不在〉と共に主題となっている。

ここではくわしくは書かないけれども、第八章でもう少し、何故《なぜ》向田邦子が死後の令名を得たかも含めて書いてみたい。ただ、ある意味で彼女の小説が〈向田邦子が経験した「戦後」の産物〉であることを記憶しておいて欲しい。

「かわうそ」のサイレント・ストーン

ここでちょっと「かわうそ」の話をしたい。

傑作であることは度々いったけれども、男には理解できない女の性《さが》といったジェンダー論や夫婦の間のこれも理解不可能な暗黒部分を描いているというホームドラマ的解釈は、たしかに一部はかすっていると思うけれども、この作品を射止めているとはいえないだろう。

傑作に「論は不要」というけれども、「かわうそ」には論がなさすぎる。

主人公は脳卒中を起して、いまでも頭の中で「じじ、じじじ」と地虫が鳴いている宅次だが、彼が語る妻の厚子の像が主題である。

二人ともどこにでもいる普遍的な夫婦として注意深く描かれている。特異点は子供がいないことだろう。ひとり娘の星江を三つの歳に急性肺炎で亡くしている。

他《ほか》から見れば申し分のない妻君だろう。明るいし、機転がきく。

玄関に人の来た気配がする。車のセールスマンらしい。主人が倒れたので車どころじゃないのよ、と言うかなと耳をすますと、

「ごめんなさいね。うちの主人、車のほうなの」

歌うような厚子の声が聞えた。

そうだ。厚子はいつもこのやりかただった。


化粧品なら主人は化粧品関係に、百科辞典なら出版関係になる。こんな面白い女はいない。宅次にはどうもよく思い出せないのだが「この間から、話してたあれ、出かけて来ますね」といって厚子は出て行ったが、

高校のときの先生が、勲章をもらった。同窓会でお祝いを上げることになったので幹事だけでデパートへ下見にゆくというのだが、そんな話は初耳のような気がする。

大学時代からの友達で、かれこれ四十年のつきあいになる今里から電話がかかった。


「お前、本当にいいのか」

ひと呼吸あって、

「それだけは、嫌だっていってたからさ。(略)」

代々残されたこの家の庭をつぶしてマンションを建てる話である。

一体、なんのはなしだと問いつめると、今度は今里がうろたえた。

「お前、知らないのか」

厚子の発案で、宅次の今後のことを相談する集りにこれから出かけるところだという。メンバーは、次長の坪井、マキノ不動産と近所の銀行の支店長代理、主治医の竹沢、それに今里だという。（略）

黒光りする目を躍らせて、健気《けなげ》な妻の役を生き生きと演じているに違いない。


要約では魅力がいっこうに伝わらない。小説の魅力はディテール、文体が一体となって出来るものだ。しかし、もうちょっと続ける。

「かわうそ」にもサイレント・ストーンがいる。三つで死んだ星江がかかった医者のところの看護婦だ。厚子は、出張に行く宅次が星江に熱があるから往診を頼めと言って出かけたので、その通り電話をしたが、取りついだ新入りの看護婦の手ちがいで往診が次の日になり、それが結局手遅れになったと泣いていた。

人を責めてもと事を収めた宅次が、死児の齢《よわい》を忘れるともなく忘れていた頃、駅で結婚のため田舎へ帰るその看護婦に逢う。

「黙って帰るつもりだったんですけど」

口ごもるオールドミス、といった感じの女を、はじめは誰か判らなかった。

「あの日、電話はなかったんですよ」

あの日は——厚子はクラス会だった。

宅次は、その夜、したたかに酒をのんだ。

玄関のガラス戸をあけるなり、厚子の頬を思い切り殴ってやる。そう思って帰ってきた。

宅次は殴らなかった。


「かわうそ」のサイレント・ストーンが告発しているのは誰だろう。

厚子は殴られなかった。マンションの話し合い、宅次が外《はず》された話し合いのことを知っても、

宅次は立ち上った。

障子につかまりながら、台所へゆき、気がついたら庖丁《ほうちょう》を握っていた。

そこへ帰って来た厚子が「凄《すご》いじゃないの」——「庖丁持てるようになったのねえ。もう一息

だわ」。

「メロン、食べようと思ってさ」

宅次は、庖丁を流しに落すように置くと、ぎくしゃくした足どりで、縁側のほうへ歩いていった。


そしてその時、致命的な二度目の発作が起きる。

どうして厚子が罰を受けず、宅次が罰を受けるのか。厚子は告発されなかったのか。

この結末を、どうして読者はこうもすんなりと受け入れることが出来るのか。どうして、すんなりと受け入れた後で、こんなにも〈重い印象〉が残るのだろうか。

ラスト一行が書かれた理由

告発されたのは厚子ではない。

厚子が看護婦によって告発された事実を、宅次は圧殺した。マンションの会合の話も圧殺して、何もしなかった。告発されているのは、この〈何もしなかった〉宅次である。告発を圧殺した宅次である。

このことが直感的にわかるから、読者はこの傑作の結末を承認できるのだ。

敷衍《ふえん》していうなら、これは宅次の〈自己処罰〉の物語だ。宅次は自分自身の中のサイレント・ストーンが口を開くのを殺した。シャム双生児の片方を殺せば、もう片方も死ぬ。そのようにして宅次は死んだのである。

「かわうそ」が感動的なのは、それが宅次の自己処罰の物語であると同時に、向田邦子の自己処罰の物語でもあるからだ。

『思い出トランプ』の諸作品や『幸福』を通じて、向田は戦後日本の偽善や虚飾を告発したが、その虚飾や、それを許す曖昧《あいまい》さの中に当人もまた居たのではないか。その自己反省がここには透けて見える。

なによりも彼女自身、処罰したい自分があった。第三章のところで小説の嘘と真実のことを書き、「かわうそ」の最後の行、謎めいた、

写真機のシャッターがおりるように、庭が急に闇になった。

のことを書いた。何故この一行が書かれねばならなかったかは、おぼろげながらわかる気がする。

第六章

神話的な構図

——向田邦子の小説②

1　告発型でない手法

ドラマ『幸福』の役名

もう飽きてしまったのだろうか。

向田邦子は「だらだら坂」（「小説新潮」8月号）以後、あんなに豊饒《ほうじょう》な結果をもたらした沈黙の石《サイレント・ストーン》――告発型で作品を書かなくなる。

もちろん連載は続いていて、「酸っぱい家族」（9月号）以降も六つの作品があるのだが、ぼくにはどうも芳《かんば》しくは思えないのだ。

新しい方法は試みられていて「マンハッタン」（10月号）などはリドル・ストーリー（結末がわざとはっきりしないように書かれている短篇小説の技法。翻訳では穴のむこうから出てくるのが人間か餓《う》えた虎《とら》かわからない、仕切りの扉が開いたところでプツンと終る「女か虎か」が有名。日本ではどちらが勝ったかがわからない五味康祐の「柳生連也斎」）の形式で書かれているが、不発だろう。

どれも試行錯誤のままのような出来で、これならエッセイのほうがずっと読みがいがあるといわれても仕方がない。

どうも向田邦子は〈他のやり方《フォーマット》〉に軸足を移していたらしい。で、その萌芽《ほうが》は、やはり『幸福』に見てとれる。


『幸福』の役名はかなりシンボリックだ。

数夫、太一郎、八木沢、組子、素子、踏子。

「数」はギリシャ、中国の昔から、この世の森羅万象を表す。一はその始め、八は数の極《きわ》まり（九ではなく、十でもない）、もっとも満ちた数とされ縁起がいい。おまけに「太初」の語があるように混沌《こんとん》から物が生成されることで「太一郎」である。

素子の「素」は元素から来ていると、これは劇中で本人がいっている。いちばん単純な要素に分解した結果のような女性、の意だろう。姉の組子はさまざまな要素が組合わさった複雑な人格だ。数夫の妹の踏子は『幸福』のナレーション、解説役でもある。これはおそらく「踏絵」の踏だ。すべてはこの妹の見た目、判断によって解き明かされてゆく。あの江戸時代の切支丹《キリシタン》摘発に用いられた踏絵だ。

名前の付け方にとても寓意《ぐうい》がある。

こんな役名が並ぶドラマは〈神話〉のように見える。実際、世界中の神話に一方は美しく一方は醜い姉妹の話があり、しかも醜い方にこそ長寿や繁栄が伴い、美しい方は命を長くは保てないのが普通だ。日本神話でいえばアマテラスの子で最初に地上に降りたニニギの求婚のことが古事記にある。

ニニギのところへ美しい娘が訪ねてくる。ニニギが「あなたを妻にしたい」というと、この娘コノハナサクヤは「父におっしゃって下さい」と答える。さっそく父のオオヤマツミのところへ使いをやると、オオヤマツミは喜んで、多くの贈り物と共に姉のイワナガをよこした。当時のことだから姉妹双方を妻にしてくれという意味だろう。しかしニニギは醜いイワナガを帰し、コノハナサクヤだけを残してこれと交《まじわ》った。

オオヤマツミはイワナガを帰されたことを恥じて呪いの言葉を吐く。コノハナサクヤがニニギのところに来て「身籠《みごも》りました」という。ニニギは一度の交りで？と疑う。コノハナサクヤは「あなたのお子は、普通の生れ方はしません」と宣言して、産屋《うぶや》を作らせ、その中に入って火をかけさせる。

炎の中で生れたのがホデリ、ホオリの男の兄弟で、その火が明るく燃え立った時に生れたのがホデリ、火が産屋を燃え尽きさせ、火が遠のいた時生れたのがホオリ。ホデリは父ニニギの命令で海を治める海彦となり、ホオリは山を治める山彦となる。

そう、有名な海彦山彦の神話である。

この神話なら皆が知っている。持つ者と持たざる者、海幸山幸をどちらが独占するかの闘い、その独占が二転三転する話だ。

ドラマ『幸福』の構図が日本神話を下敷きにしていることは明らかではないか。組子と素子のコノハナサクヤとイワナガ（姉妹の順序はひっくり返っているが）の組合せには、父のオオヤマツミだってちゃんと存在しているのだ。組子と素子の父親、元校長先生の勇造（笠智衆が絶妙の演技だった）である。この人のことは第七章「向田邦子と〈性〉」のところで少しくわしく書く。なんと退職後に教え子だった多江（藤田弓子）と同棲《どうせい》をはじめ、どうも認知症が進んでいるらしい。

こうした老人の性や加齢によるボケ（そしてボケの合間に忽然《こつぜん》と出現する叡智《えいち》）、教え子たち（数夫たち皆んながそうだ）へ寄せる愛情などが濃密に細やかに描かれて、表のドラマとなっている。そして通常は、そのドラマしか気がつかない。

しかし後で、普通のドラマを見た時よりも心のずっと深いところが疼《うず》くような気がする。

これが〈神話的構図〉の持つ効用だろう（そして冒頭のエピグラフ「屑《くず》ダイヤ」の素朴さも納得がいく。神話はいつも簡明で単純なのだ）。向田邦子はこの効用を利用して、いくつかの優れた短篇小説を書いた。

2　「春が来た」の不思議

大いに笑わせ、最後に泣かせる

それらは前に挙げた〈グループ②〉に属している。『思い出トランプ』以外の短篇といってもいい。

「鮒《ふな》」「ビリケン」「三角波」「嘘つき卵」「下駄」「胡桃《くるみ》の部屋」「春が来た」そしてこれに「隣りの女」を加えておきたい。

この中でぼくが注目したいのは「春が来た」だ。

「春が来た」は昭和五十六年十月号の「オール讀物」(文藝春秋)に載った、ほとんど絶筆に近い最後期の作品だが、ぼくの愛惜する理由は、あまり評価されていないこの作こそ、本当は彼女が完成させるべき短篇小説の一つの型《ジャンル》だったと思うからだ。

要約は意味がないといいながら、やはり筋立てを書いておかねばならない——こんな話である。

直子は少々見栄っ張りだ。特に取引先で知り合ってお茶を飲むようになった風見の前では、つい見栄を張って嘘まで吐《つ》く。自分が華のない燻《くす》んだ二十七歳の事務員だからだろうか（昭和五十年代の中頃では女の結婚は三十が限界、いや二十五歳過ぎればもう行き遅れといわれても仕方がなかった）。

「父は大学時代の親友とPR関係の仕事を共同経営しているの」。事実はずっと失業してブラブラしているところを夜学仲間に拾われて、町の印刷会社の下請けをしている。母親は五十三でお茶とお花の心得があり、行儀作法にやかましい。麦茶を軽蔑《けいべつ》して「あんなものを飲むくらいなら、冷たい水でお薄《うす》をお点《た》てなさい」というのよ、と直子は顔をしかめてみせる。妹は詩を書いていて、ミニコミ誌に投稿して一等五万円をもらった。「マンション？」と聞かれたので庭つきの一戸建てと答えた。

暮しの匂《にお》いとは無縁の、白いピカピカする喫茶店を出て、気のせいかものの言い方が丁寧になった風見が「フランス料理でも食べようか」とさそった途端（別のところに誘われても、いまの自分ならついて行くだろうと直子が思ったその時に）、足を挫《くじ》いた。さあ、大変！　風見が送ってゆくといい出した。

家まで!!　今夜の神様は薄情で、いま出来ることはうちの前へタクシーを止めないことなのに、運転手までが「大丈夫、入りますよ」と、三十坪あまりの借地で、立ち退《の》くの立ち退かないのでしじゅう地主とモメている、半分腐ったような二階家の前に車は止った。

玄関の屋根の上に、飴色《あめ》になった若布《わかめ》のようなものがぶら下っている。父親のアンダー・シャツが物干しから飛んだのがそのままになっている。ケチな生垣は伸び放題。

「ここで失礼します」といいかけたとき、玄関の戸があいて、浴衣地《ゆかた》のアッパッパの裾《すそ》からシュミーズがのぞき、男物のソックスに突っかけの母親が「お風呂もあることはあるんですけどね、タイルが駄目になったもんで」と風呂道具一式を持って現れた。

しつこいようだが、原文がもっと素敵なのはご存知の通り。

意外なことに、暗い電球の下に並んだ家族の顔を見ても、母親の須江がいれてくれたお茶が、会社のよりも安物でひどい色をしていても、風見がおあいそのつもりで詩の一等当選の話を持出すと、妹が「あたし、五万円なんて貰《もら》わないわ」と可愛気《かわい》のない声で「賞金は一万円です。やだな、あたし、ゴマかしてるみたいで」といった時も、風見は顔色も変えなかった。

それでもそれから一週間何の音沙汰《さた》もなかった。当然のことだ、だから風見が出てゆくとき、大きな声で「さよなら!」とその背中にいったのだ。

「人、連れてくるならくるって、言っときゃいいじゃないか。あたしだって遊んでるんじゃないんだから」

須江は、乳酸菌飲料の配達を内職にしていた。朝のうちに自転車で廻るのだが、外仕事《そとしごと》のせいか髪は脂気《あぶらけ》をなくしてそそけ髪になり、皮膚も灼《や》けて粗くなっていた。

「こうなったら木の幹にクリーム摺《す》り込むようなもんだわ」

この母娘の会話が爆笑もので、母親の男物の靴下を、

「お客さんが来たときぐらい、それ脱いだらどうなの？」

「足許がキヤキヤするの」（略）

「キヤキヤって何語よ」

「お母さんが英語使えるわけないだろう」（略）

「嫌がらせしてるんじゃないかな」

「あたしのことかい」

「あたしが結婚すると、困るもんね」

月給の半分をうちに入れていることをあてこすりにかかると、須江は先手を打ってきた。

「誰も困りゃしないよ。遠慮しないでどんどん行っておくれ」（略）

「貰ってくれる人なんかいるもんですか。親の顔みたら、さっさと逃げ出すわよ」

「親はいつまでも生きちゃいないよ。本人の魅力の問題じゃないの」

やりとりの可笑《おか》しいことったらない。大好きなこの原作をぼくはテレビと舞台で一回ずつやっているが、この母親役は（後半のことがあるから）美人女優でしかつとまらない。テレビは白川由美、舞台は松原智恵子だった。前半は〈汚《よご》し〉で演《や》ってもらうのである。後のほうで必ず観ているほうは泣くから、このあたりは深刻にならず充分笑わせたほうがいい。美人で売った俳優さんがやるのにこしたことはないのである。

このやりとりを黙って、小さくなって聞いていた父親の周次は、一人で打っていた碁石を打とうにも打てずにいたが、やっと、そっとそっと音のしないように置く、とその途端に直子が大声で、

「碁石ぐらい、パチンと置きなさいよ」

この箇所では必ず客席が大爆笑になった。

その時、

「ごめんください」

「あれからすぐ北海道へ出張してたもんだから……」大きな四角い箱を突き出して「じゃがいも、嫌いかな」。大好き、といおうとしたが、直子は鼻がつまって声が出ない。それから週末ごとに風見が遊びにくるようになった。

どういうわけか風見は家へ来たがった。「近頃の若い人はしっかりしてるねえ。うちで食べり

ゃお金がかからなくていいものねえ」といいながら、須江は週末になると若い男が食べたがるような煮〆めやおでんを用意するようになった。出汁《だし》をとって物を煮る匂いが久方ぶりに台所から流れるようになった。

いつの間にか夏になり、いつの間にか風見の茶の間での席が定まり（もとは父親の席だった）、「失礼」といって食後に風見が畳に寝そべるその下には、新しい花ござがあった（こういうところの向田さんの巧さといったらない。又かとも思うのだが皆これを楽しみにしていたのだ）。

床の間にはダンボールの代わりに安物の一輪差しに花があり、妹の順子は何もいわずに二階に上ったが、すぐ降りてきて、二つ折りにした座布団を風見の頭の横に置いた。

季節は違うけれども、あの童謡のとおり「春が来た」のである。

「こうやっていると、家族だわねえ」

須江が風見を見て呟《つぶや》くように言った。

それから、ちょっと改まって、

「風見さん、そう思ってはいけないかしら」

直子は、のどがつまりそうになった。（略）

「じゃあ、来年の春でしょうかねえ」（略）

周次は、三人の女を順に見て、それから低い声で呟いた。

「あんたも、大変だなあ」

このすぐ後に喫茶店で、風見は急に「このはなし……」あとはピョコンと頭を下げて「自信がなくなった」「ぼくには荷物が重過ぎる」という。家に帰った直子がぼんやりと玄関の戸をあけると、妹の順子が飛び出してきて、ひきつった顔で「お母さんが変なのよ」——。

須江はいつもの洋服の上にデパートで見立ててきたばかりの安物の留袖を羽織っていた。この早過ぎた買物は、納棺の時そのまま経帷子《きょうかたびら》になった。

お祭りの時は、あんなに元気だったのに。人混みの中で痴漢にあったという。「痴漢としちゃ素人だわねえ。そばにこんな若い娘二人もいるってのに、五十三のお尻なでることないじゃないの」くくくと鳩《はと》のように笑う。上気した頬《ほお》には、化粧のあとがあった。何年ぶりのことだろう。「きまりが悪いわよ。ほんと、人のこと、幾つだと思ってるのかしら。五十三よ、五十三」「何べん同じこと言ってるんだ!」どなったのは周次である。「やだ。お父さん、あたしに嫉妬《やきもち》やいてる」……。

初七日が終った頃、直子はばったり大手町の駅で風見に出逢った。

「お」バツが悪そうに手をあげて「みんな元気?」——「元気よ、みんな元気」「そうか」風見は笑い、直子も少し笑った。

「さようなら!」

自分でもびっくりするくらい大きな声だった。

不満が残るディテール

これが「春が来た」の表側の話である。

もうこれだけで、いろいろな感想がわく。文藝春秋版全集の月報には毎号、最近小説を書いてすっかり評判になった爆笑問題の太田光と小説家の諸田玲子が〈男が読む向田邦子・女が読む向田邦子〉の連載をしているが、そこではこの作品を「男が考える幸福論と女が考えるそれとの違い」さらに突っ込んで母親が痴漢に逢ったといって無邪気に喜ぶのを「いい加減にしないか」と怒鳴るのは、身近にある女の幸福の否定、もっといえば女の一部の男の側からの否定だという（太田）。

またこの作の登場人物が持つそれぞれの「うしろめたさ」に着目して「どんなに真面目《まじめ》な人間でも、気丈を装っている人でも、うしろめたさのひとつやふたつ、抱えているはずだ。向田さんの短篇は、私たちの心の奥底に潜んでいる脆《もろ》さを引き出し、共感を呼び覚ましたことだろう」（諸田）という。

その通りだろう。部分でも、断片でも、向田作品は読むほうに強い印象を残すし、さまざま感想を抱かせる。

しかし「春が来た」全体を見たときはどうだろう。

ぼくにはどうも肝心のところでオカしいところがあるように思える作品なのだ。だいいち、肝心の相手の男、風見の正体がわからない。直子の会社の得意先の人間だということが一番最初のところでわかり、しかし、そのまま何も書いてない。独身寮に入っていることだけがチラとわかる。不思議なのは二人が直子の家だけでしか逢っていないことで、これに対する充分な説明はない。

いくら何でもこれはおかしくないか。

例えば「かわうそ」などディテールの押さえは完璧《かんぺき》にある。読み手は決して不満は起さない。だから傑作なのだろうが、「花の名前」にしても「犬小屋」にしてもこんな物足りなさはない。

実は、あまりの物足りなさからぼくはこの作品の見方を変えた。これはリアルな話ではない。部分、断片はリアルだが、全体の結構は違う。これは春の神、年の初めに現れる歳旦《さいたん》神、あるいは客人《まろうど》、まれ人《びと》の神話・民間伝承の話だ。

わが国の古信仰の中には、たいてい一年に一度、海の向うの外《と》つ国から人が訪ねてきてその家の客になるという話がある。稀《ま》れに訪れるからまれ人、訛《なま》って客人《まろうど》の語源となった。まれ人は多くの土産《みやげ》、宝を持ってくる、幸せを授ける。だから一家を挙げて歓待《かんたい》する。訪れるのはほぼ一定して春の訪れと同じ時期だ。それで年の初め(節分)、歳旦《さいたん》の時に祭りがある。

「春が来た」は間違いなく、この話だ。でなければ、この題《タイトル》が付くはずがない。意味合いは童謡の引用だけではないのだ。

この補助線を一本引いてみると、不満だったディテールはにわかに充実し、つじつまが合ってくる。

芝居にすると、よくわかる

いきなり風見は来なくなる。連絡もない。そして突然遠くから（北海道という海を渡った遠く）お土産を持って帰って来、その後定期的に訪れて（週末に）ある意味での宴《うたげ》が催される（食事が供される）。これは何を意味するか。ミケ・ミキ（神の食事・神の酒）ではないか。

客人《まろうど》は心地良げに寛《くつろ》ぐ。新しい花ござの上の神は神社の神殿のしつらえの中に居るようだ。そして何よりクライマックスは祭りの日であり、母親がお尻をさわられるのはいまだに各地に残る暗闇の中のエロティックな風習を思わせないか。

若がえり、蘇《よみがえ》る親切心、皆が正直に寛容になる。まさに神の仕業だ。そして突然の消失、何から何まで符丁が合う。「春が来た」は神の〈奇瑞《きずい》〉の物語でなくて何だろう。

白状すれば、最初に読んだ時はずいぶん欠陥の多い作品だと思ったし、第一よくわからなかった。すこしわかったような気がしたのはテレビにした時で、ただし、たしか『日立テレビシティ』というドキュメンタリーを中心に、毎回単発でいろいろなジャンルのものをとり上げる番組で「テレビドラマはどうやって作られるか」の素材として本読みから本番までの様子を記録する、その劇中劇だった。

ドラマ正味の放送時間は三十分足らずだったのではないか。だから直子と風見の喫茶店のくだりなどなくて、直子の家と祭りのシーンだけ、つまり〈骨組み〉だけを脚色したのだった。

そのほうがよかった。骨組みだけ、それだけを抜き出すと、歳旦神の話がはっきり見えてくる。

ずいぶん時間がたって、小さい劇場での芝居にしてみた。今度ははじめから風見は客人《まろうど》ですよとスタッフ・キャストに宣言してやった。とても明快で印象深い舞台になった。いわゆる構成舞台、リアルな装置でなく抽象的なセットの中で演じてもらったから、余計、神話的構成がはっきりした。

ラストシーンは風見が（偶然駅で逢うのではなく）訪ねてきて（観客に姿は見えない）玄関にも入らず去って行く。その時玄関の格子一杯に外から光が射《さ》す。そこに直子の「さようなら！」の声がかかる。

自分で、なるほどと納得できる舞台になった。こうした構成舞台のことを、幕内用語で〈裸舞台〉とよく言うけれども、さまざまな付加要素をそぎ落として「春が来た」を裸にすると、よくわかった。これは神話だ。

劇化することの一つの面白さはこんなところにもあるのだ。

ただ普通の、リアルなホームドラマとして見ても、そういう小説として読んでも充分興味深い。そこが向田邦子の作品の面白いところだ。

そもそも彼女が神話を書こうとして書いたのかどうか。もうそこがわからない。もうそれを聞くことは出来ない。それがとても悲しいのだけれど、これだけ証拠めいたものがあるのだから、まんざら単なる思い込みの深読みとも思われない。

おそらく半分は無意識のように書いたのだろうと思う。彼女ならありそうなことだ。

で、これからはまた要点しか書かないから、ぜひ原作に当ってほしいと、くどいようだがお断りしておく。とにかく彼女はこの神話的、寓話的、民話的な構成法でいくつかの短篇を書いた。

3　寓話的な構成法

向田版〈動物綺譚〉――「鮒」

これは素晴しい。ぼくは直木賞を獲得した三篇「かわうそ」「花の名前」「犬小屋」に優《まさ》るとも劣らないと思っている。

ある日、何の前ぶれもなく一匹の鮒が台所に置かれていた。心あたりが——ある。最近手が切れた女が、なんと鮒を飼っていた……。

話はここから始まる。女は（ここまでは書いてしまってもいいだろう）これから後も小説の中に現れないのだが……。

おわかりだろうが、これは〈化身〉の話だ。あるいは神の使い、山王神社のサル、稲荷《いなり》のキツネ等の話といってもいい。使いがもたらすのは〈お告げ〉〈予告・予兆〉だから、そのことだといってもよろしい。この鮒に主人公が振り廻されるのが面白く哀しい（もしかすると、鮒と同じく魚類の諺《ことわざ》「鰯《いわし》の頭も信心から」。こんな俗諺《ぞくげん》が悪戯《いたずら》っぽく向田邦子の頭に浮んでいたかもしれない）。

オチは、最後の一行は、ぼくのずいぶん読んだ短篇の中でも一、二を争う（と思う。ぼくはこういうのが大好きなのだ）。途中でちゃんとしたフリ（伏線）が書き込まれているのだから、この最後は思いつきではあるまい。最初から計算済みとあれば、舌を巻くほかない。

動物怪談。怪異譚《たん》とまでは行かなくても動物綺譚《きたん》としても充分通用する。なにしろ昭和四十年代末のユリ・ゲラー騒動などのオカルトの時代を経てきた作家なのだ、向田さんは。

向田版〈今昔物語〉——「ビリケン」

ビリケンはBilliken。普通の英和辞典に出てなくて国語辞典には出ている妙な英語だが、米国の福の神である。原則裸で、いささか気味の悪いヌタリとした笑いを浮べた像が、たしか大阪の通天閣にはずっと飾られていたはずだから、日本人で信仰する人も多かったのだろう。頭を撫《な》でるのが福を授かるおまじないだから、ビリケンの頭はツルツルに光っている。

特徴は頭頂部が尖《とが》っていることで、そうした頭の格好をしている人のあだ名として「ビリケン頭」は昔よく使われた。ぼくも子供のころ、特にハゲだったり、坊主頭でとんがり頭のやつをそう呼んでいた。この短篇はこれが下地《したじ》である。

この作はプロットを明かしてもいいだろう。もう白髪になっている石黒は、通勤の駅に通う途中にある果物屋の店番をしているビリケン頭のハゲの主人が気になって仕方がない。いつも石黒をジロリと粘っこく見るのである。〈鬱陶《うっとう》しいとは思いながら、ビリケンと目が合わないと、忘れものをしたようで一日落着かなかった〉。

一度だけおつかいもののメロンを買って、その包み紙の粗末さ、包む手つきのモタモタたどたどしいことに呆《あき》れて「あのウチはメロンにアレルギーがあったっけ」と言い訳をこしらえて返して以来、二度と買わない。そのぶんだけ主人の視線の粘っこさは増したようだったが。

ところがビリケンがどんどんやつれて行った。顔色が黝《くろ》ずんで皺《しわ》が寄り、老婆のようになり、とうとう店にくじら幕がはられた。

そうなると、毎朝何かものたりないものだ。

突然、息子がこの果物屋で万引をしたという事件が起る。馬鹿な真似をしたものだが、とにかく、行って謝らなければならない。

すぐ許してはもらえたが、線香の一本も上げねばなるまい。上って驚いた。小さい仏壇のまわりには三方が天井まで本箱で、どうも貴重な初版本、稀覯《きこう》本らしいのが、ぎっしりつまっている。

ビリケンの父親の形見だそうで、ビリケンは大事がって売らずじまいで死んだ。「ご主人のお父さん、先生かなんか」「古本屋ですよ」そばに来たビリケンの息子が「神田の神保堂です」。石黒はアッと思った。学生時代そこで万引をしたことがある。おやじに長々と説教された。警察に突き出されることはないだろうと見当がついたが、その時ガラリとガラス戸が開いて一人の大学生が入ってきた。からだ中が熱くなった。同じ年格好の学生にこの光景を見られるのはたまらない。

ところがその学生は立ちつくしている石黒をジロリと見て、おやじの横から上っていった。この家の息子だとわかって、もう一度恥でからだがほてった。あの学生が、ビリケンだ。

ビリケンが、死ぬ一週間前まで日記をつけていたことがわかった。こんどはそれが気になって仕方がない。ビリケンが、こっちをいつもジロリと見ていたわけもわかった。いずれ息子はビリケンの日記を読むだろう。ビリケンの女房はおしゃべりのようだ。

石黒はサラリーマンとして金にも女にも綺麗《きれい》に生きてきた。それが平凡でうだつの上らない自分の、唯一のつっかえ棒だった。それが学生時代の万引を周囲に知られて、そのつっかえ棒が折れるのはイヤだ。石黒は思い切ってこの土地を離れる決心をした。退職金前借りで手金を打ち、離れた場所にマンションを買った。

——しかし——大きな買物をして足をひきずるように帰ってきた石黒はビリケンの果物屋の前を通った時、「先日はどうも」の挨拶《あいさつ》のほかに、ふと気が変って息子を（酒好きそうなので）飲みにさそった。息子はいう——おやじは気にしてましたよ。

「あんなに気にしてたのなら、じかに聞けばいいんだ」

息子は少し笑って、

「あの人は一体、俺《おれ》を知ってるのかな。おやじはそう言ってましたよ。どこかで逢ってるのか、逢った覚えはないんだがなあ」

石黒はわが耳を疑った。

ビリケンは、俺を忘れていた。日記にも書いてないのか。

「いや、日記には書いてありました」

また胸が早鐘になった。

「今朝もまたクイナが通ったって」

クイナ。（略）

「すみません。おやじがあなたにつけたあだ名なんです（略）ニワトリを二廻り小さくしたトリで、セカセカセカセカ歩くんだそうです」


どういうテイスト（味）の短篇かおわかりになるだろう。間然するところがない作だが、どうしてビリケンという題にしたのだろうか。

ビリケン像の写真があるといいのだが、どうにも福の神というよりは悪魔のように見える顔つきだ。まあ、それでもいつも煮え切らない平凡な男に、マンションを買う決断をさせたのだから、やはり幸運をもたらしたというべきか。

けっこう上等なホラーのような後味《あとあじ》のする作品で、特に果物屋に上ったら高価な初版本、稀覯本の山というのは、翻訳もののいい作を読んだような気になる。

このアイデアのもとは見当がつく。イタリアだかフランスだかの田舎に浮浪者のような男がいた。村の外《はず》れのボロボロになった小舎《こや》に住みついていたのだが、突然死んだ。誰も身寄りがないので、村人たちが葬《とむ》らってやろうかと小舎へ入ってみたら、二階にズラリとヴァイオリンやらヴィオラやらセロが何十本となく置いてあった。全部がストラディヴァリウスやアマティ、ガルネリウスという一挺何億の楽器ばかりだった。

この本当にあったらしい綺譚はちょっとクラシック好きならば知っている話で、これがヒントだろう。この線をもう少し書き込んだら、もっと面白くなっただろうに、なんとなくいつもの線に外《そ》れていったのが惜しくてならない。

それでも次の「下駄」などを見ると、やはりこのへん一群の作品は、向田邦子の宗教的寓話集、例えば『日本霊異記』や『今昔物語』のような意図を感じてしまう。「ビリケン」はどういう宗教的寓意を持っているかというと、それは〈輪廻《りんね》〉、同じことが繰り返して起る不思議だろう。でなければ「ビリケン」という題は付けなかったはずだ。ちょっと不発ではあるけれども――。

向田版〈分身話〉――「下駄」

明治生れの男を父親に持った年代の人（ぼくのような）ならわかるだろう。オヤジの隠し子というのが気になってならない。特にオヤジが死んでからは……。もう聞くわけにはいかない。隠し子のほうでも今と違ってなかなか名乗り出てくるわけではない。でももし、名乗り出てきたら。

この短篇は、その〈もし〉が現実になった話だ。そしてその隠し子が〈なんとも――〉なのだ。これは筋《プロット》が書けない。読んで頂くしかないのだが、このピターッと皮膚に貼《は》りつくような厭《いや》な感じ、しかも同性の男という気分の悪さ。もしこれを一語で表すならば〈分身〉、この異母兄弟（同題の映画〈家城巳代治監督〉があったくらいだから、異母兄弟は珍しい話ではなかったのだ）は、自分と同じ肉を持った人間がこの世に存在する気味の悪さだ。

終りは「マンハッタン」と同じ（ちょっと変格のヴァリエーションだが）リドル・ストーリー

仕立てになっている。だいぶこの技法に興味があったらしい。

下駄というあだ名は、この時期の芸能界に関係があった人たちには馴染《なじみ》があった。ダークダックス（戦後の昭和では大スターだった）のメンバーはパクさん、マンガさん、ゲタさん、ゾーさんのあだ名で呼ばれていた。だいいち渥美清さんのあだ名、というより本人がそう名乗っていた。売れない時代には名刺に大きく自分の下駄のような顔を漫画に書いて「この顔、覚えて下さいネ」と売り込んでいたものだ。

初出当時の読者はきっと渥美さんのことを思い浮べながら読んだことだろう。あの人には寅《とら》さんからは想像できぬ怖いところがあった。

向田版〈お伽噺〉――「胡桃の部屋」

これのことは、もうだいぶ書いた。自叙伝めいたところがずいぶんある作品である。桃子が桃太郎に、つまり男性の家長にさせられてしまうのだが、民間説話・お伽噺のパロディのようにも読める。鬼ヶ島征伐にと勇んで国を出たのだが、結局宝は手に入らない。手に入ったのは女性の男性化（一瞬は女性の自立は宝モノのように見えた）だったというのは、ちょうど太宰治の『お伽《とぎ》草紙』、特に「カチカチ山」を思わせる。太宰のこの作品は向田邦子の年代には広く読まれたはずである。

向田版〈イソップ物語〉——「三角波」「嘘つき卵」

下駄のあだ名にしても、ストラディヴァリウスのエピソードにしても、向田邦子の小説の執筆時の読者が持っていた情報のことは、もっと書かれ記録されておかねばならないだろう。

ここでも筋は書かないが、「三角波」で話の糸口になっている船舶遭難の危険海域のことはミステリ・ゾーンとして皆が知っていた。日本人はけっこうこのてのことは好きで、黒沼健のようなこれ専門の作家がいたくらいだ。「嘘つき卵」の不妊の問題も、そろそろ社会問題になりかけていた。それにしても偽卵《ぎらん》とは、うまい所に目をつけたものである。

おわかりだろうが、二つともまず動物の話（小鳥の交尾の話と、ニワトリが一定の産卵場所で卵を産むように置かれるダミーの卵の話）があって、それが相似形のような人間の話に変ってゆく構成になっている。

これは向田邦子の〈イソップ物語〉ではないか。完成されてないが（特に「三角波」の同性愛の話は困りものだ）、向田邦子のいわば〈寓意小説集〉の一環をなすものではないか。

4　向田邦子が考えた〈女性解放〉

「隣りの女」のエロティシズム

テレビドラマのノベライゼーションともいえる作品だから「隣りの女」はここでは扱うまいと思ったのだが、やはりここで書く。

もとは二時間のスペシャルドラマである。

ミシンの内職で夢のニューヨークに行きたいとサチ子は思っている。２ＤＫのつましいアパート。夫が出かけた後はいつでも、白い壁にかけた泰西《たいせい》名画の写真版を見ながらミシンを踏んでいる。

ところが、隣りに峰子という、スナックのママらしい女が越して来てから、その泰西名画のところから、妙な声が聞えてくるようになった。

あの時の声である。それも、どうも男は二人いるらしい。

いまも一人若い男が、隣りの女峰子といちゃつき、挙げ句喧嘩《けんか》して出ていった後、別の男の声がしてきた。

その後が有名になった箇所で、男が上野から谷川岳へ登る時の土合《どあい》駅までの駅名を順ぐりに、「上野。尾久《おく》。赤羽。浦和。大宮。宮原。上尾。桶川。北本。鴻巣。吹上」とひとつひとつ言っていく。何をしているのか。「行田。熊谷。籠原。深谷。岡部。本庄。神保原。神保原」とつっかえて、又「神保原。新町。倉賀野《くらがの》。高崎。井野。新前橋。群馬総社。八木原。渋川。敷島。津久田。岩本。沼田。後閑《ごかん》。上牧《かみもく》。水上。湯檜曾《ゆびそ》。土合《どあい》」

まるで〈呪文《じゅもん》〉のように聞えてくる。そしてゆっくりと壁が揺れてくるのだ。

エロティックだ。ベッドシーンそのものよりずっとずっと。

サチ子は、向田邦子はこう書く。〈サチ子は、耳たぶが熱くなり、息が苦しくなった〉〈固く目を閉じた。まぶたの裏が赤くなり、山の頂上へのぼりつめてゆく。やがて頂きがきて、全身の力が抜けた。そのまま死んだように動けなかった〉——。

ネタはドラマ関係者だったらすぐわかる有名な逸話で、二十世紀初めの、フランスの伝説的名女優サラ・ベルナール。銀の鈴を振るようなと形容される声の持ち主だったそうだが、レストランのメニューを読み上げるだけで、その場にいた全員を泣かせた、という。

谷川岳へたどる駅名は、たしかに〈呪文〉だった。呪文は英語で spell、spellbound といえば〈呪縛《じゅばく》された〉の意。サチ子はたしかに呪縛されたのだ。

途中は全部ハショろう。

サチ子は隣りの峰子とも知り合い、峰子のかけている電話から、谷川岳の男はもと画家志望で、いまは画材店に勤めている麻田という名前だと知る。

ところが峰子が自殺をはかる。心中だった。男は麻田ではない。見つけたのはサチ子で、峰子も男も助かった。それを知らせに行って麻田とも知り合うことになり――そして何と、麻田と寝てしまう。あの駅名で、谷川岳で、サチ子に〈火がついた〉のだ。

谷川岳のほかにもサチ子に火をつけたものがある。駆けつけてきたテレビのワイドショーに心中のことを喋《しゃべ》っている時に、何となく西鶴の「好色五人女」の樽屋《たるや》おせんのことを持ち出した。高校の試験で聞き覚えていたのだ。夫の集太郎に「調子づいてベラベラ喋って」と怒られた。おまけに「おせんと大経師屋おさんの区別もつかないでいいかげんだ」といわれる。駅前の本屋で現代語訳付きの文庫本を買ってちゃんと読んだ。

サチ子の火はどんどん燃えさかってしまう。あれよあれよという間に、麻田の後を追ってニューヨークへ行ってしまった。ミシンの内職で貯めた貯金をおろして。

何かがないと〈翔べない〉

次々と予想外の展開をするが決して成功作ではない。「好色五人女」がサチ子の行動の背中を押すという設定も無理筋だろう。テレビではニューヨークの風物に髷《まげ》ものの時代劇がまぎれ込む趣向は珍物にしか見えなかった。

サチ子の短い家出の間に、峰子と集太郎が浮気（結局不成立）をしそうになるのも、サチ子がやはりすぐ家庭に舞い戻って「谷川岳へ……」という会話を夫とかわすのも、不発で、なんとも観念的な解決にしかなってない。

しかし、観念的なだけに、生煮えなだけに、向田邦子が考えていたことがかえってよくわかるような気もするのだ。

それは〈女性の解放だなんていってるけど、ぜんぜんまだまだの話で、女はよほど何かがあって我を忘れて舞い上らないと、現実から翔《と》べない。夢も何もない現実の生活を断ち切れない〉〈その何かとはひょっとすると性の力ではないだろうか〉……。

ここで章を変えて、ちょうど乳癌《がん》の手術の後に散文を書きはじめ、最初はおっかなびっくりで、その後エッセイから小説に進むにつれて大胆に、書き進んでいった〈性〉のこと、その背景となった昭和五十年代（といってもその最初の年の乳癌手術から五十六年八月台湾での飛行機事故による急逝までたった七年しかない）の時代相のことを書いてみたい。

主として扱うのは『あ・うん』と『阿修羅のごとく』だが、『幸福』や『隣りの女』も、性が大幅に解放される気配を含んだテレビドラマ（及びそのノベライズ）や、性が見えつ隠れつするエッセイ・小説、特にグループ②の神話の骨格を持った小説群への理解の一助にはなろうかと思う。

第七章

不倫、という武器——向田邦子と〈性〉

1　ベッドシーンが書けない作家

〈性〉は書くが〈性交渉〉は書かない

はじめはおずおずと、いやキャリアの初期にはラジオやテレビでそんなことは書けはしないから、ペンで物を書いて生活するようになってずいぶんしてから、向田邦子は〈性〉のことを書くようになった。しかし最後には〈性〉は彼女の重要な、というより主要なテーマになっていった。

といっても、書き始めは散文を書き出してから、本格的なそれは昭和五十一年のとき「銀座百点」に後で『父の詫び状』としてまとめられる連載を始めてからだから、おん年四十七歳の時だ。まったく中年のオバさんになってからだ。

実はこうふざけた調子で書き出さないと、辛くて仕方がない。〈性〉のことを書く自由を（放送関係の仕事をやっているとよくわかる、性はいちばんといっていいほどの――今の深夜番組を見るとてもそうとは思えないだろうが――タブーだった）、ささやかな自由を得たのは彼女が乳癌《がん》で手術を受けてからだった（これも——想像だが——この時代ではまだ女性の乳房の保存を充分考慮に入れた手術法でないことは明白だ）。

彼女の死は五十一歳と九ヶ月（昭和56年）、四十七を引いてみるといい。どんなに短かったか。〈性〉を書けたのはたった五年である。書き出した動機は明らかに乳癌だからよけい悲しい。

最初は性の話は隠れるようにして、ほんのほのめかしで書かれるだけだった。初期のエッセイをお読みの方にはよくわかるはずで、それも「細長い海」「薩摩揚」のような少女期の性の目覚め（鹿児島居住期のものが多いのはちょうどその頃に当るからだろう）や子供がちょっと大人の世界を覗《のぞ》いたものに限られていた。それでもあの文章力だから、読む方はひどくドキッとするのだが。

性的なものを匂《にお》わす彼女の日本語の力には、最初から驚かされた。ぼくが初めて向田脚本を演出したのは『奇妙な仲』（昭和44年、原作芝木好子、全十一話のうち五話執筆、柴英三郎と）だったが、「髪が濡れ濡れっとして」といった言い廻しに舌を巻いた。なんとエロティックな、肉感的なことをいうのだろう、と思った。

こうした日常的なところに、ほとんど肉欲的《センシュアル》な表現を持ち込む巧《うま》さ。例えば『寺内貫太郎一家』（昭和49年）の第二十二回、自分で演出した回だからよく覚えているけれど、おきん婆さんが町内の老人会の旅行で熱海に行って、いない。これ幸いと一家そろってスキ焼大会となる。ところがきんが帰って来てしまう。そこできんが里子（貫太郎の妻・加藤治子）にいうセリフ。

きん「里子さん、あんた、バカにお化粧濃いわねえ」
こんな痛烈で、ズバリ性的なセリフはあるまい。
向田邦子はこの後〈性〉のことは大胆に書くようになるけれども〈性交渉〉は終生書かなかった。ベッドシーンはなし、である。『隣りの女』の例の谷川岳の麻田とのはじめての時のことは、小説版ではこう書かれている。

「声で判《わか》ったんです。電話かけてるの聞いたとき、あ、あの声だって。『上野。尾久。赤羽。浦和。大宮』」

と言ってしまって、壁の向うで聞き耳を立てていたことを白状してから、スナックにさそわれ、

おもてへ出ると、一度に酔いがまわった。
「腹はすいてないですか」

その後がすごい。

麻田は街頭でポプコーンを買うと、いきなりサチ子の口へ押し込んだ。二人は食べながら歩いた。麻田は、自分も食べ、またサチ子の口へ押し込む。（略）押し込まれるたびにサチ子のなかでたかまるものがあった。また押し込まれた。

そのすぐ後の描写は、

ベッドでも、麻田のしぐさは手荒かった。手荒いくせに妙にやさしさがあった。そこだけ別のもののように頭の上に投げ出していたサチ子の繃帯《ほうたい》をした手首が、麻田の背中を抱き、爪《つめ》を立てていた。サチ子の目尻《めじり》から涙が流れた。ラブホテルのカーテン越しに夕陽が見えた。

「電気つけないでください」

はっきりと後半は凡手である。意地悪くいえば、どう書いていいかわからないから、お義理で書いていることが見え見えだ。でももうちょっと書きようがあるだろうに。

しかし前半は立派なポルノで、読むほうはけっこう昂奮《こうふん》するのだ。有名になった谷川岳までの駅名より、このポプコーンのほうが凄味《すごみ》がある。

豆絞りがない家庭

堰《せき》を切ったように〈性〉が表面に出てくるのは、「銀座百点」の連載が好評で散文でもやって行ける自信がついてからである。こういうところはひどく慎重で臆病な人なのだ。小説を書き出してもっと自由に〈性〉が書ける——エッセイと違って自分のことだと思われないですむから——と思った。このことは前に触れた。

しかしとても面白いことがある。向田邦子は小説よりも、むしろテレビドラマで〈性〉を書き始めた。制約の多いはずのテレビでだ。

これからそのことを書こうと思うのだが、材料は『阿修羅のごとく』(昭54)『あ・うん』(昭55)『幸福』(昭55)の三つのドラマになるだろう。

たぶん、直接的な性交渉のシーンが書けないことに彼女自身気がついたのだ。それを書くにはタブーが強すぎた。エッセイの事実と虚構のところで書いたように、彼女の母堂のせいさんが「うちに豆しぼりの手拭なんてないですよ」といっている。このことを後で説明するといったままになっていたが、下町の商家であるぼくの家にもなかった。

豆絞りの手拭いで一番有名なのは歌舞伎の『弁天小僧』で、〈浜松屋の強請《ゆすり》の場〉では小道具として大活躍する。くどくどは書けないがつまりは泥棒、罪人の使う手拭いなのだ(なかでも、これでごしごし首をこするのは、打首になる前に首の垢《あか》を落しておくという意味らしい)。こんな縁起の悪い手拭いが堅気の商人のところにあるはずがない。ましてやもっと堅い勤め人の向田家にはない。せいさんぐらいの年配の人はそういうことにはうるさいから、それであの「うちにはありませんでした」発言につながるのだ。

どこで読んだかいま思い出せないのだが「子供のころ、可愛いピンクの洋服なんか買ってもらえなかった」と書いたものがあるはずだ。黒《クロ》ちゃんと呼ばれるほど、勤めるようになってからも地味な黒一色の服装をしていたのも（スキーや水泳で陽に焼け、顔もクロかった）それと関係があるかもしれない。

いずれにせよ、そうした〈堅い〉家の女の子だった。

ベッドシーンが書けないことを彼女に代って弁解しているようで妙な気分だが、成人してからの自分の〈性〉を隠しつづけた人だから仕方がない。

しかし、〈性〉が人生にもたらすさまざまなことを書いてみたい欲求が、あまり使いたくない言葉だが、晩年の彼女にはとても強くあった。

そしてそれはぼくたちのような後々の読者にはとても有難いことだ。

2　性は家庭と両立するか

性こそ、人間の〈元気〉のもと
向田邦子の考えていたらしい〈性〉のことはおよそ次のようにまとめられるだろう。
①性は人間の生きてゆくうえでの〈元気〉のもと。
★従って特徴的に、
②老人の性（ただし男性中心なのは仕方がない）を描いたものが数多くある。
③性をジャンピングボード（踏み切り板）にする話（こちらは女性中心）が多い。
★おそらく彼女の興味は次のことだった。
④性は家庭と両立するか。

家庭を築くのも男女の性であり、これをこわすのも、間違いなく性だ。人間を生き生きとさせるのが性だとすれば、活力を失った家庭を蘇《よみがえ》らせるのも性のはずだ。しかし性は家庭を破壊する。

いったいどうしたらいいのか。

〈元気〉の講釈は『幸福』の最終回にある。

いま主人公数夫の兄太一郎と八木沢が喋《しゃべ》っている。エリートの太一郎は結局ドロップアウトした工員の弟に人間的に敵《かな》わないことを思い知らされる。出世の途《みち》は挫折《ざせつ》し、顧《かえり》みなかった家庭は妻が浮気し、昔自分が捨てた組子と十年ぶりに交《まじ》わったが、これもうまくゆかない。八木沢のほうは組子に惚《ほ》れて、なんとか手に入れたいとしたのだが……。

で、二人は元気がない。

八木沢「お元気ですか」

太一郎「ぼくですか」

八木沢「(略) 元気そうじゃないですか」

太一郎「元気か……元気って言葉のイミ、ご存知ですか」

八木沢「元気ですか。改まって聞かれると、なんだろ。しょっちゅう使ってるけど、元気でピンピン——元気は元気なんだよなあ」

太一郎「日本語の字引きは滅多に引かない人間なんですがね、こないだの晩ふっと引いてみたんですよ」

八木沢「『元気』ってとこですか」
太一郎「天と地の間にひろがって、万物が生れ育つ根本《こんぽん》となる精気、とありました」
八木沢「天と地の間にひろがって、万物が生れ育つ精気か」
太一郎「――元気ですよ、ぼくは」
八木沢「――ぼくも、元気です」
　元気でない二人。

この会話が、祭壇に黒枠で入っている校長先生・勇造のにこやかに笑っている写真の前でなされるところに意味がある。組子と素子姉妹の父は、テレビ台本では（70）と年齢指定がされ、同棲相手というかボケ老人の世話をしている多江は（35）である。小説のほうでは四十をいくつか出ている、と少し上だが、厳格な中学校長が停年になったとたんたががゆるんでしまい、釣に行ったとき知り合った伊豆駅前の荷物一時預り所の女とずるずるべったり同棲したという設定。『冬の運動会』の祖父・志村喬の場合と同じで、配役も同じ藤田弓子だった。校長先生は笠智衆で、二大老名優は実に楽しそうに演じていた。背が低くてコロコロ太って、ざっかけない口をきく藤田弓子は、向田邦子の考える〈老人の女〉にぴったりだったのだろう。

この頃もう日本人の平均寿命は世界一になっていた。昭和五十二年に男72・69歳、女77・95歳である。老人のボケが悩みのタネになる。有吉佐和子『恍惚《こうこつ》の人』がベストセラーになった（昭47）。森繁久彌・高峰秀子で映画にもなる。当然〈老人の性〉の問題は起ってくる。しかし向田がそうしたトピックス性、今日性だけで、くり返しこうしたシチュエーションを使ったとは思えない。

『幸福』での働き盛りで、しかも元気のない二人の男の対話の箇所は、そうではないとの向田の弁明のように見えてならない。性こそ人間の〈元気＝道教でいう至上の気、すべてのもとの気〉だというのが作者の主張なのだ。

この二人は〈性的な問題《トラブル》〉をかかえているから、元気を喪失しているのだ。写真の校長先生が元気なまま死んだのは、性的満足を得ていたからなのだろう。

3　性解放の時代に

女性が読める〈性〉の話

向田邦子はいつでも世間の風を背中に受けて追い風にしていた。その意味では幸せだった。昭和四十年代の後半から五十年代にかけては〈性の解放〉の時代で、そのことを現代史家がすこしもいわないのは不思議でならない。追い風とはそんな性解放の社会の空気である。

例えば文芸の世界。向田が直木賞を受賞したのは昭和五十五年だが、その三年前の芥川賞は池田満寿夫『エーゲ海に捧ぐ』で、外国を舞台、それも憧《あこが》れのエーゲ海を舞台にしていること、池田が文芸の徒ではなく、本職は著名な画家・版画家で異業種参入だったこと、この二つで大きな話題になった——まあ、これがいまの世相文化史が（ずいぶん忘れているけれども）記すところだろう。

たしかに向田以後青島幸男、つかこうへい、唐十郎と続くのだから、芥川・直木賞が文学志望者の独占ではなくなったのは事実だ。しかし『エーゲ海に捧ぐ』に世間が大騒ぎしたのはその性愛描写が鮮烈だったからだ。もうちょっとくわしくいえば、池田の本職の絵の方で、性器を大胆に描いていているいないが問題になったからだ（おまけに女性ヴァイオリニストとの私生活がそれに輪《わ》をかけた）。

池田のちょっと前の芥川賞は村上龍『限りなく透明に近いブルー』で、その少し前が中上健次だ。これを見ても〈空気が変った〉のがわかる。文芸で性は欠かせないアイテムになっていた。性を書くことが必然にはなったけれど、それが男性読者を増やすことにならなかったのが、この第何次かになる戦後の性解放の特色だろう。本はもう女性にウケるものでなければ売れなくなった。もうすぐに女性が書いたものでなければ売れなくなる時代が来る予感が業界にはあった。女性が読める〈性〉の話が必要だった。

普通人にとっての普通の性

映像のほうはというと——こちらは臆病だった。

『エーゲ海に捧ぐ』が二年後に歌になった。ジュディ・オングの「魅せられて」だが（あの白孔《く》雀《じゃく》の羽根のような衣裳《いしょう》）、レコード大賞をとったこの歌にエロティシズムは皆無だ。見事に骨抜きされてしまった。『時間ですよ』、後で向田自身が深く関係するこの連続ドラマは銭湯が舞台で、女湯の裸がブラウン管を占領するのが売り物だった（裸が出る必然性はたしかにあった）。昭和四十五年である。

裸は裸ということだけで、そのまま性にはならない。これはこれで終った。同じ四十五年に始まったのが、視聴率56・3%というお化け番組のホームドラマ『ありがとう』であり、女の奮闘ドラマ『細うで繁盛記』であり、向田自身は『だいこんの花』、この長く続くヒットシリーズをスタートさせている。

テレビ黄金期にとても〈性〉の割り込む余地はない。『おくさまは18歳』『おさな妻』『ハレンチ学園』といったいわば傍流《サイド》の番組、変格の性が風俗的にすこし流行《はや》っただけだ（本流の、普通に性を扱うことが許されない、認知されない時は、必ずこうした変格物で社会の性的嗜好が充足され、フラストレーションが吸収されるものらしい。戦後間もない頃の女学生性典もの、女医シリーズなどがいい例だ。このすぐ後のザ・ドリフターズ『全員集合』の物議をかもした性的コントなどもこの類《たぐい》だ）。

テレビの隣りの映画はどうだったか。

四十年代の〈ロマンポルノ〉の波はくぐったものの、それは単に性的描写の自由度を拡げたのに止《とど》まった。神代辰巳はじめすぐれた監督が出て、ぼくなどもずいぶん影響を受けたものだが、そのエネルギーは社会悪の指弾や差別・不平等の告発に向って、普通人の普通の性は置き去りにされた（出発点の「団地妻シリーズ」などはそうではなかったはずだが）。『隣りの女』のような、隣りに聞こえはしないかと身をすくめるような性《セックス》のことは誰も取り上げようとはしなかった。

向田邦子はこの間隙《かんげき》を突いたのだ。普通の人にとって普通の性はどんな意味があるのか。それを問うてみよう。それには小説よりも、いっそテレビがいい。

性交渉をもろには描けないテレビの特性を逆手《さかて》に取ったともいえる。テレビだったらポルノ的描写をしないで済む。好都合なことにテレビで性をとり上げても、真面目《まじめ》なものだったら非難を浴びないだけの成熟社会もほの見えてきた。

ただいくら真面目なテーマでも、普通の人が普通の生活をするドラマに〈性〉を持ち込むのは容易ではない。昭和五十二年に等身大のホームドラマ、それでいて社会性も充分といわれた『岸辺のアルバム』(作/山田太一　出演/八千草薫・杉浦直樹・竹脇無我ほか)を演出したぼくとしては、この普通の妻が不倫するドラマを、そのラブホテルのシーンや夫婦の房事の後の情景、娘の女子大生の同性愛の悪戯《いたずら》や外人に犯されるシーンを、どんなにおっかなびっくり撮ったか。どれほどの視聴者の拒絶をかいくぐる努力をしたか。それを思い出さざるを得ない。

そして向田邦子の異様な突出、異常な決意、性をとり上げる大胆不敵に舌を巻く。

さらに用意周到、戦術に長《た》けていた。

例えば——彼女の短篇で同性愛をとりあげて、どうにもうまくゆかなかったものがある(「三角波」)。しかし同性愛を〈友情〉の範囲内で描いたら、どうだろう。それも一つ時代を遡《さかのぼ》って、そうした男の友情の濃さがあってもおかしくない戦前の話にして……。

もっともこの話は、同性愛も友情も飛び越えて、もっと重要な何か、性と家庭の問題が提起する何かを指し示すことになるのだが——それが『あ・うん』だ。このドラマ（と小説《ノベライゼーション》）のことはもうちょっとして書く。

本当に女性は解放されたのか

とにかくこの時期、世間の性表現への意識は変りつつあった。

女性の服装にしても、ミニスカートこそ下火になったが、今度はホットパンツになり、Gパンの上に着るものは男と同じようなTシャツになり（山口百恵が「馬鹿にしないでよ」と唱《うた》うはずだ）、そしてタンクトップになる（昭53）。露出に関しては女は男と同じになり、追い越してしまう。流行はすべて女の子がリードする。竹の子族（昭53～54）が生まれ、女性のブーツの生産は年間五百万足に達した。

スターも性的露出をしないわけにいかなくなった。いい例がテレビドラマの『水中花』で、当時のトップスター松坂慶子が網タイツのバニーガールの姿で登場した。そして宮崎美子（女子大生だったはずだ）がGパンからビキニの水着に着がえるCMが爆発的人気となった（昭55）。大監督の大島渚もハードコアの「愛のコリーダ」を撮り（昭51）、性描写のない映画は考えられなくなった。

女性が（特に若い女性が）はっきり自己主張をするのは当り前になった。キャンディーズは「普通の女の子になりたい」と人気絶頂の歌手の座から降りたいといい、ピンク・レディーは紅白歌合戦を辞退するといい出した。こんなことは少し前ならとても出来ない。「北の宿から」(昭50　詞／阿久悠　曲／小林亜星　唄／都はるみ)の「女心の未練でしょう」という歌詞が、言い切りの形になっているのが(昔だったら「未練でしょうか」となっていただろう)、現代の決断する女のイメージで素敵だと評判になった。

大河ドラマも女の主人公になった。「おんな太閤記」(作／橋田壽賀子)である。女性で初めて田部井淳子がエベレストに登ったし(昭50)、第一回の国際女子マラソンが東京で開催される(昭54)。

桃色ヘルメットの中ピ連を覚えているだろうか。本当は「中絶禁止法に反対しピル解禁を要求する女性解放連合」という長い名称だが、結成されたのは浅間山荘事件の起った昭和四十七年で、すこしでも女性差別を匂《にお》わせた男性がいると吊しあげて有名になったのは、五十年前後だったと覚《おぼ》しい。

この中ピ連と、ロッキード裁判で田中角栄の秘書榎本被告の前妻、榎本三恵子が五億円受領を認める証言をした「蜂《はち》の一刺し」事件の間に、ここで書いてきた事件はすべて入る。そしてこれが向田邦子が、注目すべき作品群を書いた時期とほぼ重なる。

こうしたことで、本当に女性(特に普通の女性)が解放され、人生は明るく、地位は向上したのだろうか。

女性の公金費消は、足利銀行の女性行員が二億円を使い込み、愛人に貢いだ事件（昭50）以降急増してゆくのだが、これも女性の権利主張だろうか。同じ年、はじめて非行少女白書が作成され、インスタント・ラーメンのCM「私作る人、僕食べる人」が性差別だと攻撃されて、CMが打ち切りになったのは女性の勝利だろうか。中年男と若い女のカップルが「夕暮れ族」（吉行淳之介の小説の題名から付けられた）と呼ばれ（いまの援助交際を思わせる）、ディスコが流行り、ノーパン喫茶が乱立し、「クレイマー、クレイマー」（母親が出て行って父と子がとり残される）が流行語になるほど父子家庭が増加する……。

これが〈性の解放・女性の地位向上〉がもたらした望ましい結果だろうか。

4『阿修羅のごとく』という挑戦

向田邦子の不満

どうも次の章の内容「向田邦子と昭和五十年代」を先取りし過ぎたようだが、とにかく向田邦子は不満だった。時代が、あんなに困難だった〈性〉のことを書けるように、その方向に向って流れていることはよくわかっていたが、今の風潮には数々不満があった。

不満を整理すると大凡《おおよそ》こんなところだろう。

①女権拡張の活動家やシンパのジャーナリズムは、すぐに男女の〈性差をなくせ〉という。しかし性差をなくすことに急で、結局それが〈性そのものをなくす〉ことになっていないか。

②結果として男が情けなく、不活発で、だらしなくなっていないか。

女性（あるいはそれを支援する一般社会）が、性の解放と裏腹に、性行動に対して〈不寛容〉になっているのではないか。

③この〈不寛容〉がそのまま人間に対する〈苛酷《かこく》〉〈無理解〉〈不必要な厳格さ、杓子定規《しゃくしじょうぎ》〉になっていないか。すべての〈硬直〉〈不自由〉につながっていないか。人間性の〈否定〉になっていないか。

④家事労働、家庭での女の仕事、役割が不当におとしめられていないか。妻の価値、母の価値（娘の価値も入れていい）、主婦の価値はそんなものだろうか。これを逆にいえば〈亭主の価値〉〈父の価値〉〈男の価値〉もないがしろにされてないか。

こうした不満を指摘するために、向田邦子は『阿修羅のごとく』『幸福』『あ・うん』のトリロジーともいえるテレビドラマを書いた。『隣りの女』は、すこし範疇《はんちゅう》が異なると思うがその延長にある。

「向田さんの作品って、つまりは全部〈不倫〉じゃない」と奇抜さを装って、しごく正当な批評をしたのは太田光だが、たしかにこれらのドラマには不倫がいっぱいだ。この不倫が彼女の武器だった。

『阿修羅のごとく』はどこが素晴しいか

『阿修羅のごとく』は昭和五十四年の正月に三本、翌年の一～二月に三本放送された。演出は最近亡くなった和田勉である。

すぐわかるのは、何べんも映画になったオルコット女史の『若草物語』のパロディなことだ。四人の、もう若草ではない姉妹がいる。綱子（加藤治子）巻子（八千草薫）滝子（いしだあゆみ）咲子（風吹ジュン）。

そして父恒太郎（佐分利信）母ふじ（大路三千緒）がいる。父には、お定まりのように、女がいる。志村喬、笠智衆と同じく名優で、スターとしての名声ならこちらが上かも知れない。往年は上原謙・佐野周二（関口宏の父君だ）と三羽烏《がらす》の二枚目で、その後重厚な主役を数々演じてきた佐分利信だ。娘たちは皆ご存知だろう。母の大路三千緒はもとの宝塚スター、大先輩だ。

シナリオを読むと一ページごとに大笑い、小笑いがつまっている。まずは卓抜なコメディだ。しかし挑発的でもある。キッチリ勤めあげて、今は後輩の半分はお情けで小さいところの取締役をやっている恒太郎に、どうもここ八年ばかり世話をしている女がいるらしい。娘たち四人は相談して興信所を頼むことにしたが、巻子の夫でやり手のサラリーマン（かつては恒太郎もそうだった）、鷹男（緒形拳、次の年は露口茂に代った）はこういう。

「マジメに働いてうちを建てて、四人の子供を成人させて、そのあと――誰にも迷惑をかけないで、少しだけ人生のツヤをたのしむのが、そんなにいけないのか」

一般の視聴者にはずいぶん挑戦的だ。おまけにＮＨＫだ。

綱子は、恒太郎のやっていることは長いこと苦労をかけた母のことを考えると「ニンゲンとして許せない！」という。「あたし、覚えてるなあ、お母さんが足袋《たび》、ぬぐ音。足のあかぎれに、足袋がひっかかって、何とも言えないキシャキシャした音」。この綱子は未亡人でお花の師匠をしているが、花を活《い》けに出入りしている料亭の主人（菅原謙次）と不倫している。「踵《かかと》だけじゃないわよ。お母さん、手も、ほら、凄《すご》いあかぎれ」と応じる巻子は鷹男が秘書と浮気していると想像して気が休まらない。まったくの専業主婦。

三女の滝子は図書館の司書で、興信所へ頼んだ急先鋒《せんぽう》。行き遅れるんじゃないかと皆んなから心配されている。後々この興信所の調査員勝又（宇崎竜童）と関係が出来る。この滝子とことごとにいがみ合う咲子はボクサーの陣内（深水三章）と同棲している。まだ新人王もとれない相手の減量につき合って食事を摂《と》らない。おまけにバイト先はケーキで有名な喫茶店だからたまらない……。

十二分に喜劇的お膳立てはととのっているが、シリアスな材料にも事欠かない。

恒太郎の浮気（？）がバレたのは、滝子が「パパァ、パパァ」と駆けてゆく男の子を見ていたら、その先に恒太郎がいた。それからだ。しかしその子は恒太郎の子ではなかった。どうも恒太郎はどうしてか自分になついたこの子に引かれて、母子の面倒を見ているらしい。

『阿修羅のごとく』の魅力、そして泣かせどころは、恒太郎の〈父〉としての復権の話である。この復権は、時代も環境も「そんな時代じゃない！」と逆《さか》らうから、まったく成就《じょうじゅ》しない。その寂しさが胸を打つのだ。娘ですら（綱子）「――こうやって見るとかわいそうねえ。お母さんには悪いけど、つきあってる人がいて、時々、そっちのアパートに行ってごはん食べさせてもらってる方が、気が楽だわねえ」ということになる。

しかし、娘たちは自分のことで手一杯だ。それでいて父のことでは、すぐ寄り合ってああでもない、こうでもないとやり出す。そのうち喧嘩《けんか》になり、仲直りをして、それこそ阿修羅のように闘う。

勝又「アシュラってなんですか」

鷹男「アシュラってのは、インドの民間信仰上の神様でさ、外っ側は、仁義礼智信を標榜《ひょうぼう》してるんだが――気が強くて、ひとの悪口言うのが好きでさ、怒りや争いのシンボルだそうだ」

勝又「闘いの神様ってわけですか」

陣内「アシュラか――」

鷹男「勝目はないよ。男は」

このドラマの放映もあってすっかり有名になった興福寺の阿修羅像は、顔は女の優しさだが――。

ドラマの素晴しさは、本来は切羽《せっぱ》詰まった話が日常の食事の仕度やさまざまの家事労働をしながら行われることだ。母がどこまで知っているかを探るのは、母と娘が白菜を漬け込みながらだし、だいいち姉妹全員を集めて父に面倒みてる女の人がいるらしいと滝子が告げる事の発端《ほったん》は、鏡餅《もち》のこわれを揚餅にして食べながらの時である。そしてボクサーと同棲してなければ両親と同居しているはずの咲子のナレーション「お父さんは、八年も前からほかに面倒みてる人がいるわけでしょ。お母さん、それ知ってるのに、ひとことも口に出して言わないで。なんにもないような顔して、暮してるわけでしょ」。

これがバックに流れる恒太郎とふじのつましい老夫婦の食事、湯どうふの鍋《なべ》、一本のお銚子《ちょうし》、夕刊をひろげ、黙々と口を動かす二人。恒太郎が「う」と声にならない呟《つぶや》きをもらす感じ。ふじが夫のこぼしたものを、もう習慣になったしぐさで拭《ふ》く。ナレーションはこう続く。

「そんな中へ入って、あたし、一緒にごはんなんか、とっても食べられないなあ」

これが向田ドラマというものだろう。

日常の女の家事労働や食事の中に組み込まれているからこそ、これらは真にこわい、ドラマチックな情景と化すのだ。

もう一つ、これはシナリオではわからないが音楽が凄かった。トルコ、かつてのオスマン帝国の軍楽隊(イニチェリという)の行進曲をそのまま使っている。皮肉にも皇帝直属で女人禁制だが、その勇ましいことったらない。これが女の闘いのドラマに流れる……知る限りベストワンの劇音楽だった。

『阿修羅のごとく』以降の作品は、性解放の時代に向田邦子があげた不満の叫びに彼女自身が出した解答だった。

その後の『幸福』『あ・うん』『隣りの女』にくらべれば『阿修羅のごとく』は、いちばん早い作品だけに、解答といっても作者の中で〈ただいま計算中〉といった趣《おもむき》があって、そこがとても興味深い。

〈性〉の力が前面に出てくる『幸福』

『阿修羅のごとく』では登場する人物全員が同じような悩みをかかえ、同じように本来の〈家〉の外に癒《いや》しの場を持とうとする（あるいは自分の同伴者のそうした行動を悩みのタネとしている）。

これは向田邦子の得意のパターンで前にすこし紹介した『冬の運動会』では、あの元連隊長の祖父健吉は加代という愛人（らしからぬ愛人）を持ち、そこでは自宅での厳格さと百八十度違う人間性に満ちた顔を見せる。ところが祖父ばかりではない。父の遼介（木村功）もプラトニックだが、もう一つ心の休まる家庭がある（どうもこれが『あ・うん』の原型ではないかと思われる）。いや主人公の菊男（根津甚八）が、これこそ自分の家庭だ、本当の父さん母さんだと思っているのは高級サラリーマンの自宅とはまったく無縁の、アルバイト先の駅前の靴直し屋の夫婦（大滝秀治・赤木春恵）の家庭である。

ただ、おわかりのように、ここには（祖父を除いて）〈性〉がない。特に主たる筋の菊男の話にない。『阿修羅のごとく』では全部が〈性〉に関係している。両者の発表時期は『冬の運動会』のほうが、たった二年だけ前だけれども、この二年の間に社会も向田邦子も変ったのだ。

これが『幸福』となると、〈性〉の力、〈根源的な力としての性〉が前面に出てくる。だが『幸福』はこの性の持つ力を主題にした〈神話〉といってもいい。

『幸福』の最後が数夫と素子の結婚で終っていることは注意していい。決して単なるテレビふうハッピーエンドではなく、作者が結末を急いだのでもない。単純明快なエピグラフ「素顔の幸福は、しみもあれば涙の痕《あと》もあります。思いがけない片隅に、不幸のなかに転がっています」も意味を持っている。あの結婚は、ストーリー全体の、あの神話的物語の、当然の帰結なのだ。

それは〈性〉は家庭を築くという神話なのだ。

それにひき換えて『隣りの女』では〈性〉は女性に対して〈停滞からジャンプする力〉は与えているけれども、明らかに家庭は破壊している。

なるほどサチ子は家庭に戻るけれども、その家庭は前と同じだろうか。

（あれはどうも西鶴の「好色五人女」が出てくるところを見ると、女性の性を踏み台にしてのジャンプは、ずっと歴史の中でくり返されて来た、ということを言いたかったのではないだろうか。毛沢東の永久革命論みたいなもので、それで女性の解放・地位向上は進んだという、いかにも向田らしい女性解放運動論だったのではないか。)

5 『あ・うん』は一つの解答だった

『幸福』も『隣りの女』も、ずいぶん書いたからこのへんでいいだろう。では『あ・うん』は、いったいどんな意味を持つ作品なのか。

人間が生き生きする力

本人の手による、よらないと関係なく、ぼくは最初にドラマとして書かれたものは、ノベライゼーションでなくシナリオで読んだほうがいいと思っている。しかし、

水田仙吉（フランキー堺）門倉修造（杉浦直樹）水田たみ（吉村実子）門倉君子（岸田今日子）水田さと子（岸本加世子）三田村禮子（池波志乃）水田初太郎（志村喬）——演出／深町幸男、渡辺丈太

とこう書いてきて、さて、と考えた。

シナリオで読む楽しさは、一つには配役の顔を想像して読めるからで『阿修羅のごとく』などは絶対そのほうがいい。もっとも『隣りの女』はシナリオの入手が難しいので小説を、というわ

けだが、『あ・うん』は両方本になっている。『幸福』だったら、あれは全十一話で長いから、小説を読んで人物関係を頭に入れてそれから脚本をと、これも両方出ているがおすすめの方法がある。

『あ・うん』は困った。ドラマの出来はとび切りいい。俳優も向田邦子本人が先頭に立って口説いたし、皆素敵に上手《うま》い。しかし、こうも考えた。どうもこの話は俳優の顔を消して、イメージなしに、男と女の話として読んだほうがいいかもしれない。つまり小説で読むほうがいい（もちろんその後でシナリオ版を読めばお楽しみは倍加する）。これは〈一般論〉として読んだほうが、胸におちることが多いたぐいの話なのだ。

で、最初に小説の冒頭部分を引用する。

門倉修造は風呂を沸かしていた。
長いすねを二つ折りにして焚《た》き口にしゃがみ込み、真新しい渋うちわと火吹竹を器用に使っているが、そのいでたちはどうみても風呂焚きには不似合いだった。三つ揃いはついこの間銀座の英國屋から届いたものだし、ネクタイも光る石の入ったカフス釦《ボタン》も、この日のために吟味した品だった。
小使いの大友が、

「社長」

と何度も風呂場の戸を開け、自分が替りますと声をかけたが、そのたびに門倉はいいんだと手を振った。

「風呂焚きはおれがやりたいんだよ」

あいつが帰ってくる。親友の水田仙吉が三年ぶりで四国の高松から東京へ帰ってくる。長旅の疲れをいやす最初の風呂は、どうしても自分で沸かしてやりたかった。今までもそうして来た。

（略）借家だから、家だけはどうにもならなかったが、檜《ひのき》の風呂桶《おけ》も流しの簀《す》の子も、新しい木の匂いをさせていた。

門倉の軍需工場は景気がいい。だがこの半月ほど仕事は二の次。仙吉は中どころの製薬会社の部長で、やっと本社に戻ってきた。それでも栄転だ。ただし社宅手当は仙吉が言ってきたところによると月三十円、門倉と違って贅沢《ぜいたく》はいえない。何軒も見て廻り、結局自分の家から近いここに決めた。

（略）仙吉のところには間取りもなにも知らせなかった。二十年あまりのつきあいだが、仙吉が地方に出ては東京に舞いもどるたびに、門倉は社宅探しをやって来た。仙吉は安心して任せていた。

借家が見つかると、それからが門倉の楽しみだった――と話は続く。大きな菓子折を大家に届けて畳を入れかえさせる（この当時畳がえは大家もちだった）。小使い夫婦に心附けをはずんで台所の灰汁《あく》洗いをさせ、当座の所帯道具を調《ととの》える手伝いをさせた。

門倉がシャボンと湯上りタオルをたしかめ、大家を呼んで便所に紙は入っているだろうなどなった時、魚屋が来た。

栄転祝いの鯛《たい》が届いたのだ。

仙吉たちが到着した。表札を見つけたのは女房のたみである。十八になる娘のさと子と、仙吉の父初太郎もいっしょだ。「お父さん、ほら」とたみが言った。

「何様じゃあるまいし、馬鹿でかい表札出しやがって」

嬉しい時、まず怒ってみせるのが仙吉の癖である。

「三十円にしちゃいいうちじゃないの」

「そりゃ奴がめっけたんだ。間違いないよ」

（略）

「なかへ入ると火鉢に火はおこってる。座布団はならんでる。風呂は沸いている。びっくりするおれたちの顔見たくてさ」

自分のことのように得意になった。

「それで門倉さん、駅に迎えにこないのね」

うまい出だしで、主要な人物の位置どりがよくわかる。二人の男は戦友（というより軍隊友だちといったほうが正しい）で、こうしたつき合いの濃さというものは現在では想像もつかない。前のところで同性愛といったのは言い方が悪いが、門倉の行動はほとんど愛人を迎える女のようだ。たしかに戦前にはこうした男の友情というのは存在したのである。

しかし友情といってもそれだけでないことは話が進むとすぐわかる。門倉には看護婦だった君子夫人がいるが、水田の妻君たみへの思いが深い。深すぎることがすべてのもとになっている。もちろん、何もない。何かあったら二十年の友情はない。しかしドラマはこれで緊張する。三人で綱渡りのロープの上に居るようなものだ。さて、誰かが降りるのだろうか。

実は父の初太郎なる人物がとても面白い。いまでいえば脱サラの山師で、水田はそれで散々苦労した。夜学の大学しか行けなかったのもそのためである（向田の父君と、その母親の関係が投影していることは確かだ。母は未婚の母だった）。が、この魅力あるサイドストーリーは残念だが割愛させてもらう。

簡単すぎるが、これだけ書いておけば当方のこれから書くことには充分である。人間が生き生きする〈性〉の力を、家庭を壊さずに利用できるだろうか。

水田が部下の使いこみの穴埋めをしなければならないとなると、門倉は生き生きする。門倉の二号に子供が生まれれば、水田が生き生きする。門倉が生き生きする力はたみから来ている。水田が生き生きする力はそれを知っていることから来ている。

話の結末がどうということを書いてもツマらない。全体の構図とディテールを見ればいい、中間のことは読んでのお楽しみ。そしてドラマは勿論、小説の方もきわめて出来がいい。

諸悪の根源は家庭の幸福か

昭和二十一年に太宰治は短い小説「家庭」の中で「諸悪の根源はご家庭の幸福」と書いた。妻ならぬ人と心中したのだから、太宰は家庭の破壊者である。もっとも戦中から戦後すぐまで太宰はけっこう幸せな家庭生活を送っていたので、〈家庭〉とはいったい何なのだろうとつくづく考えてしまう。

家庭・家族とやかましくいわれ出したのは、そんなに昔からのことではないが、家庭と生きがいを単純に結びつけようとしてもたいていは失敗する。問題は現在ただ今も解けたわけではない。太宰のいうとおり、家庭の幸福は生きるヴァイタリティを根こそぎ殺《そ》ぎ落すことがある。力の源泉《もと》の〈性〉を家庭に持ち込みながら、家庭を壊さない、そんなことが出来るだろうか。それへの、完璧《かんぺき》ではないが、見事な解答の一つが『あ・うん』のように思えてならない。恐ろしい解答だが。

年譜を見ると、『あ・うん』のほうが『幸福』『隣りの女』より早く『阿修羅のごとく』より遅い。ただ皆近接していて、ほとんど重なるように続いて執筆されている。『あ・うん』で一度出した解答を、その問題を、もう一度考え直したのが『幸福』や『隣りの女』なのだろうか。

第八章

角栄と向田邦子

――向田邦子と昭和五十年代

1　アナクロの主人公

流行語になった〈一丁前〉

久世光彦はこう書いている。

昭和五十年――昭和の節目の年を記念して、時間を半世紀遡《さかのぼ》った「時間ですよ・昭和元年」というのをやった。発案者は向田邦子さんだったが、その発意は大正から昭和のはじめにかけての〈庶民の会話〉を劇中で使うことにあった。向田さんは、そのころの〈東京言葉〉にたいそう愛着を持っていて、例えば「寺内貫太郎一家」では希林のきん婆さんの口を借りて、いまや死語や半死語になっている〈懐かしい日常語〉や〈粋《いき》で情感のある言葉〉を多用したものだった。それが、舞台を五十年前に移せば、老人でなくても、家族全員が誰憚《はばか》ることなく、〈昔言葉〉を話せるわけである。――〈時分《じぶん》どき〉〈冥利《みょうり》に尽きる〉〈じれったい〉〈きまりが悪い〉〈甲斐《かい》性なし〉〈息災《そくさい》〉〈口叱言《くちこごと》〉〈堪《こら》え性〉――向田さんは大喜びで、こうした〈半死語〉

たちを乱発した。昔を懐かしむ人たちから、大きなリアクションがあった。〈一丁前〉〈依怙《いこ》地《じ》〉〈養生《ようじよう》〉〈剣幕《けんまく》〉〈今日び〉——それこそ〈今日び〉は滅多に耳にしない言葉を聞く度に、涙ぐんでしまったというのである。——それから三十年が過ぎて、今年（二〇〇五年）は昭和八十年に当たるという。〈半死語〉は一つずつ、〈死語〉になっていく。このごろは〈便所〉といって解《わか》らない子がいるという。

（『遊びをせんとや生れけむ』）

『時間ですよ・昭和元年』には、さくらと一郎という一組の演歌歌手が「（男）貧しさに負けた、（女）いいえ、世間に負けた」と何ともうら寂しく唱《うた》う「昭和枯れすすき」が劇中歌に入っていた、といえば思い出す人がいるだろう。森光子以下いつもの『時間ですよ』のメンバーに、もとドリフターズの荒井注が加わっていた。

実は、この時のこの時間枠は、違う企画でぼくが担当することになっていた。それが網膜剝離《はくり》（網膜に小さな穴が開き、そこから眼球内の漿《しよう》液《えき》が入って網膜が剝《は》がれる。ほっておけば失明する。穴をふさぐにはその周囲に火傷《やけど》を作って、火傷がなおる時の薄皮のひきつれを使って塞《ふさ》ぐのだが、レーザーを瞳孔《どうこう》から照射して火傷を作る光凝固法による治療が、まだやっと開発されたばかりの当時は、眼玉を一度出して——嘘ではなく、そんなことが出来るのだ——裏側から電流を通した針をさして焼《しよう》灼《しやく》する手術しかなかった。難手術のうえに、何日間も頭部をビクリとも動かさず固定して過ごすのが苦痛だった。通院で済むいまでは想像もつかない）でどうにもならくなって久世に代ってもらったのだ。

一年間ほどは本を読むことも出来ず、もちろんテレビは厳禁だったから、ぼくはこの『時間ですよ・昭和元年』を見ていない。ディレクター稼業にちゃんと復帰できたのは、二年後の『岸辺のアルバム』（昭52）からだった。

元気だったら、必ず何かやらせてもらっているだろう嬉しい企画で、ここに挙がっているのは〈昔言葉〉でも何でもなく、子供時代にはぼくの周囲に実際とび交っていた言葉ばかりだ。

〈昔言葉〉の使用は向田邦子文学の大きな特徴の一つだが、すでに前年の『寺内貫太郎一家』（昭49）で、貫太郎の母親おきん婆さん（樹木希林）が使う〈一丁前〉＝生意気に一人前という意味の昔言葉は一つの流行語になっていた。日本人は意外と旧《ふる》い言葉や風習をいまに復活させることが好きで、久世は〈便所〉も意味不明になりつつあると嘆いているけれども、この原稿を書いている現在は昭和の八十六年で、去年は〈便所掃除を一生懸命やると美人になる〉旧い言い伝えが『トイレの神様』の唄になって大ブレイクした。

この一丁前を台本で初めて目にしたある俳優が「こんな旧い言葉を使ったら、視聴者はわからなくて視聴率が下がるんじゃありません？」といったとき、滅多にそんなことはないのだが、色をなした向田邦子が「あんたが知らないだけ。日本人はずっとこういう言葉を使ってきたの」と叱りつけたのをよく覚えている。

亜星氏抜擢にいたる裏話

彼女にはぼくもいやというほど叱られた。

実は貫太郎の役はもともと某有名俳優のはずだったのが、間際になって崩れた。演出部の部屋で久世が困り果てていた姿が今でも目に浮ぶ。その時、当時の演出部長（篠原庸氏）が、あれは本気だったのか冗談だったのか「（小林）亜星なんかどうだい？」といった。藁《わら》をもつかむ感じだったのだろう。久世は「いいかもしれない」といった。

たしかにあの巨体は魅力があったが、何しろズブのシロウトのはずだ。セリフを喋《しゃべ》るところなんか見たことがない。そばで面白半分に「それいいじゃない」といったぼくの番組でテストすることになった。といっても大売れっ子の作曲家だから、テストして駄目です、とはいかない。亜星氏と親しかった阿久悠《あくゆう》、三木たかし等の諸氏に「ご内密に」といって、音楽界の諸先生が新人をオーディションする場面をでっちあげて、そこに亜星氏を加え、若干のセリフを「これ、必要だから」と喋らせることにした。このシーンを撮っているところをサブ（テレビの副調整室。そこにディレクターがいて、スタジオのカメラの映像、音声が集まる）で久世が見て決めようというわけだ。

「いいじゃない」と乗せたぼくは蒼《あお》くなった。セリフがもたつくのは仕方がないが、当時亜星氏は長髪で、当然背広姿だったからぜんぜんイメージじゃない。ただ久世は「大丈夫だと思うよ」

といった。

これがバレた。いきなり電話口の向こうで「向田です」と例の声。「あなた達何の陰謀を企《たく》らんでるの!! あんなシロウトの人を!! 私の脚本、滅茶滅茶にするつもり!!」と矢つぎ早《ば》やにいやというほど怒られた。

久世には目算《もくさん》があったらしい。どうもすぐに亜星氏と交渉して出演の許諾をとりつけ、扮装写真まで撮った。それがあの頭を五分刈りにして眼鏡をかけ、石貫と染め抜いたハッピを着たダボシャツ姿、おまけに成田山のお守り、である。そこにはまぎれもなく貫太郎がいた。

こうなると向田さんは、チャックい（あまりいい言葉じゃないが、下町の子供の言葉で、要領がいい、ウマく立廻るの意）。口をぬぐって、最初からイメージ通りみたいにスマしていた。

今となっては懐かしい。亜星さん当人を除けば皆んな故人だ。

想い出の裏話になったが、あのなんとも〈古風《レトロ》〉で見方によっては奇怪なコスチュームがよかった。何より人情味に溢《あふ》れて、すぐ暴れて父権主義的な、アナクロともいえる倫理感を持つ性格設定がよかった。

こういうキャラクターが歓迎される兆候が、すでに世の中にあった。

2　角栄が失墜した時代

超能力・オカルトのブーム

作家は〈二つの時代〉を身に持っている、と思う。一つはその人が育ってきた、その人を形づくった時代。もう一つは、その人の背中を押してくれる、その時にその作品を書かせてくれる時代だ。

前者はこの本でずっと書いてきた。後者も前章でだいぶ書いた。しかし向田邦子を〈文学者〉として押し出した昭和五十年代の時代相のことはもう少し書きたい。

それは向田作品を理解するうえで、とても必要なことなのに、あまり、というよりほとんど行われていない。引かれてない補助線だ。

例えば――。

最後期のテレビドラマにしても小説にしても、『幸福』にしても「春が来た」「下駄」「鮒《ふな》」等の小説にしても、時々濃く漂う〈怪奇〉の気分は何だろう。

該当の場所でもちょっと書いておいたが、昭和四十九年は年頭からスプーン曲げで大騒ぎだった。前年の暮れにテレビの深夜番組『11PM』でユリ・ゲラーが紹介され、この年本人が来日してから日本列島は超能力ブーム一色になる。

超能力が終ると今度はオカルトが続く。悪霊払いの映画「エクソシスト」が大ヒットし、『ノストラダムスの大予言』(五島勉)がベストセラーになる。昭和五十年代前半までブームは去らない。

『幸福』には校長先生の勇造が、組子・素子の姉妹が還暦に送った赤いベレーを冠《かぶ》っていう「赤イベレーハ、思イノ深サデス」という呪文《じゅもん》のようなセリフが繰り返され独特な効果をあげるが、これには八木沢が「オカルト映画みたいだ」とコメントするのだから(第六話)、影響は明確だろう。もともと『あ・うん』の狛犬《こまいぬ》とか『阿修羅のごとく』の仏像とか、宗教的イコンを使う趣味が向田にはあったが、時代のオカルト超自然嗜好を利用して、この時期の自作の神話的構図や寓意《ぐうい》性を固めたというのが、正しい見方だろう。時代はこうして作家の背中の後押しをするのだ。

角栄の対極にあった価値観

しかし何といっても、昭和五十年代を規定するのは〈田中角栄の失墜〉だろう。これで日本は大きく転回した。

この、一時《いっとき》は日本中の人気を独占した人物（『時間ですよ』にそのソックリさんがレギュラー出演していたことを覚えているだろうか？）にはいくつもあだ名がついた。いい方でいけば〈庶民宰相〉〈コンピューターつきブルドーザー〉、悪い方では〈ゆけゆけドンドン〉〈よっしゃ、よっしゃ〉〈土建屋〉〈金脈、金権〉。何にせよ日本の高度成長の申し子、そのシンボルだったことは間違いない。

その馬力、そのスピードに人々は喝采《かっさい》したが、同時にその強引さに危うさを、その力の誇示に嫌悪を感じてもいた。ロッキード事件でそれがいっきょに顕在化した。

もう少し堅実なもの、まっとうなもの、頼りになるものはないか。

戦前の息苦しさに戻るのは真っ平だが、安定した家庭・社会、温《ぬく》もりのある人間関係、つましいが安心できる生活……人々はそうした過去の〈美しい日本と日本人〉を思い出した。

そこへ類《たぐい》稀れな〈過去の日本の記憶を豊富に持ち合わせた〉女の人が作家として現れた――それが向田邦子だった。

日本は角栄の逮捕をきっかけに〈転回〉したと書いたのは言葉の間違いがある。戦後史でよく使われるのは〈右旋回〉だが、旋回、転回といえば、もうその場所には戻ってこない気分がある。

しかしロッキード以後の変化はそうではない。たとえていうなら、積ったほこりが舞い上って下地《したじ》が見えてきたようなものだ。高度成長のほこりがところどころ散り失せて、下の昔からの日本が見えた。またほこりが積もれば見えなくなる。そのかわり、他の場所でほこりがとれ、別の旧い日本が顔を出す。

こうして、日本はいつでも旧いものと新しいものが入り混り、斑《まだ》らに、いまふうの言い方でいえばモジュールのように共存するようになった。その傾向は角栄後、ずっと続いている。日本はもう高度成長期のように一方向に向っては動かなくなった。

これがあの昭和四十年代の最後に起った出来事だった。

旧さと新しさが入り混った時代

数えあげてみればすぐわかる。政治とか経済のことはおいて、風俗芸能で見てみよう。

立花隆の金脈レポートで、角栄が首相を辞めざるを得なくなったのは昭和四十九年も押しつまった十二月だが、角栄退陣がなくとも遅かれ早かれ世の中は変ったろうと思わせる事件がこの年には相次いでいた。

巨人長嶋茂雄が現役を引退した陰に隠れてしまっているが、この年はじめてセーブポイント制が採用され、リリーフ投手の地位が上った。ものごとの評価基準が変ったのだ。そのかわり、ボクシング界では組織が乱立して、これもはじめてチャンピオンが二人出現した。

「氷の世界」で井上陽水が、「精霊流し」でグレープ時代のさだまさしが現れ、ド演歌「なみだの操」の殿様キングスが真反対の方角から現れた。そして演歌の森進一が詞／岡本おさみ、曲／吉田拓郎のフォークコンビの「襟裳岬《えりもみさき》」を唱った。旧い音楽と新しい音楽がモジュール的に存在して、これは新しいと皆喝采した。

翌年には「スモーキン・ブギ」のダウン・タウン・ブギウギ・バンドが新しい悪ガキふうに登場すると、同じフォークの畑から「22才の別れ」「神田川」がいとも古風に世に出てくる。かまやつひろしが唱う吉田拓郎の「我が良き友よ」は昔のバンカラ学生の弊衣破帽《へいいはぼう》の復活だった。流行のニュートラ（ニュートラディショナルの略）、神戸あたりが発信地だが、保守的ファッションに靴だけグッチの最新ブランドというのが定番だ。

又その翌年、大橋巨泉の『クイズダービー』が知的エンタテインメントとしてもてはやされる。『知的生活の方法』渡部昇一がベストセラーになるのはいいが、「俺が昔夕焼けだったころ……わかんねえだろうなア」とアフロヘアの松鶴家千とせがいうのは、これは知的に新しいのか旧いのか。

「ロッキー」（昭52）の大ヒットは保守回帰だろうか。向田邦子にいちばん関係ありそうなのは『ルーツ』だろう。覚えているだろうか（作／アレックス・ヘイリー）。アフリカ系黒人クンタ・キンテの一生とその末裔《まつえい》の話。テレビでも爆発的視聴率、〈先祖探し〉が流行《はや》った。

キリがないから、あと一つだけ。『かもめのジョナサン』（昭49）の神話的・寓話的スタイルは後の向田に影響を与えてないだろうか。

3　なぜ向田人気はこんなに続くのか

いくらでも例が出そうだ。前章の〈性〉のところでもずいぶん〈世相〉の移り変りを書いたからもういいだろう。向田邦子を世の中に押し出したのは日本の社会の変化だ。

——では——向田邦子の〈人気〉、彼女の書いたものへの強烈な〈支持〉がどうしてこんなにも長く続いているのだろう。いわば「向田邦子の受容史」だが、書けば一冊の本になるほどのことだから、ここではほんのヒントだけを考えておきたい。

言葉を耳で聴く面白さ

テレビや舞台で演出という業務をやっているうちに、かたわら〈朗読〉に興味を持つようになった。白石加代子という達人といっしょに「源氏物語」をひと通り、怪談・奇談を朗読する「百物語」はもう少しで二十年、もうちょっとで百に近く、九十二話まで上演した（「かわうそ」は第二十六話）。

ドラマというのは（字で）書かれた戯曲なりシナリオなりを、まず音声化するわけだから、演出家が〈朗読〉の世界に入っていくのはごく自然なことだ。

ではセリフを散文に押し進めてゆけば〈朗読〉になるかというと、そうはいかないところが面白い。向田邦子にしたところが、散文で書いたものは必ずしも〈音〉を前提にはしていない。だからこれを〈音〉にして耳で聴いてみると、ずいぶん興味深いことがわかってくる。

比較的くわしく書いてみた小説「花の名前」を、向田ドラマの常連・加藤治子の朗読したもの(CD化されている)で聴いた。

冒頭、あの「おれは座布団なしで育ったんだぞ」という旦那が、いきなりそのセリフをいう箇所で、もうすっかり考えさせられた。

残り布でつくった小布団を電話機の下に敷いたとき、

「なんだ、これは」

と言ったのは、夫の松男である。

「おれは座布団なしで育ったんだぞ」

機械の分際で生意気だといわんばかりの口振りだった。

感心し、考えさせられたのは単語の発音である。「座布団」「小布団」「電話機」の音がいい。

若い人が読んだのとははっきり違う。

どう違うかというと、加藤版はよく聞くと「ザ・ブトン」と発音している。はっきりではない。よくよく聞かないとわからない。ザとフトンの間に薄い膜のような間《マ》がある。一気にザブトンとはいわない。ザとフトンで少し音が変るといってもいい。そうした間《マ》なのだ。若い人のはザブトンと一語《ワン・ワード》だ。

「電話機」も同様に「デンワ・キ」となる。これが加藤流。さらに耳を澄ますと、「デン・ワ・キ」に聞える。若い人はもちろん「デンワキ」。いまはすべて「ケータイ」。

これは年代による言葉の最少単位、言葉をどこまで分解できるか（専門的には「語素」という人もいるらしい。イヤな音だ）の〈意識〉の差らしい。

実際に朗読のサークルでやってもらった。その中には今年八十七歳の年配の方もいる。見事に加藤治子派だった。この年代では「○○布団」と名のつく日本語をイヤというほど知っている。「掛ブトン」「敷ブトン」「藁《わら》ブトン」「煎餅《せんべい》ブトン」「巻ブトン」（一枚の布団にくるまって寝る、掛も敷もない）「×反《たん》フトン」×のところに和数字が入る。これはフトンの幅。

たくさんの「○○布団」を知っているから区別が必要だ。区別には、発音する時に「○○」と「布団」の間にちょっとした隙間を付ければいい。つまり昔の人は、そうした区別のためにする発音の習慣があったのだ。

今の若い人はそんな「○○布団」という言い方がたくさんあるなんてことを知ってるはずがな

い。もう「掛布団」「敷布団」もいわないのだ。せいぜいが「座布団」が残っているくらい。「座布団」はいい慣れしている。慣れているだけに、これが二語で構成されている意識がない。「喫茶店」を「喫茶」と「店」、あるいはもっと細かく「喫」「茶」「店」と分けるなんて想像もしない。もっとも喫茶店は相当年配の人でも一語《ワン・ワード》である。これは語の成立に関係しているのだが、くわしくはいわない。

——で、「小布団」のほうは若い人でも「コ・ブトン」という。いい慣れない単語だからである。

面白いもので「ザブトン」でなく「ザ・ブトン」に近く発音されると、ひどく懐かしい気がする。「デンワキ」よりちょっとゆったりと「デンワ・キ」「デン・ワ・キ」といわれると、何故《なぜ》か温かい。

向田邦子の読まれ方

これが前フリである。

前のところで向田邦子の自伝的小説として「胡桃《くるみ》の部屋」をとりあげた。まったく同じ描写のある「チーコとグランデ」にもふれた。

「胡桃の部屋」に出てくる桃太郎の昔話はお好み《フェバリッツ》の話だったから他の作品にも出てくる。「桃太郎」という題の短いエッセイがあるが、それはまあ、どうでもいい。

「あだ桜」というエッセイが『父の詫び状』に入っている。これも前にふれたが、おさらいしてみよう。

アタマの部分で、どうして日本のお伽噺《とぎばなし》ではアカンボウが生れる時、オジイサンとオバアサンしかいないのだろう。本来はオジサンとオバサンでなければおかしいのではないかと笑わせたあと――〈お伽噺の中で、一番心に残るのは「桃太郎」である〉とはじまる。

小学生の私は「桃太郎」の全文を写し取る宿題をやってなくて、朝食の時に、半ベソをかきながらまだ書いている。


「どうしてゆうべのうちにやって置かない。癖になるから、誰も手伝うことないぞ」

大きなごはん茶碗を抱えた父がどなっている。祖母は、いつものように殆《ほとん》ど表情のない顔で、そばの青い瀬戸の大きい火鉢で海苔《のり》をあぶり、大人は八枚に切り、子供はそれを更に二つに切ったのを、海苔のお皿とよんでいた九谷《くたに》の四角い皿に取り分けている。


向田家には、邦子の幼少時代二人の祖母があって、父方の祖母は引き取られて同居していた。

〈私は、満二歳にならないうちに弟が生れたので、この祖母と一緒の部屋に起き臥《ふ》しをし、お伽噺もこの祖母から聞いている〉と書かれている。

さらに続けて〈当時の女にしては長身で、やせぎすの顔立ちの美しい人であったが、姿形にも性格にもおよそ丸みというものがなく、固くとがっていた〉とある。〈お結びも母のはゆるやかな丸型だが、祖母のはキッチリと結んだ太鼓型で、「お母さんのは、あれはお結びじゃなくて、お崩れだ」と、小さな声でいっていた〉と例によって巧《うま》い描写の後——

祖母は、今の言葉でいえば、未婚の母であった。父親の違う二人の男の子を生み、その長男が私の父である。したがって、私自身のホームドラマには、祖父は、欠落して、姿を見せない。年をとってからは、よく働く人であったが、若い時分は遊芸ごとを好み、母が嫁いできてからも、色恋沙汰《ざた》のあった祖母であった。

この部分を例のサークルで朗読させてみると、

〈祖母は、今の言葉でいえば、未婚の母であった〉

のところが、とても面白い。

老婆心で付け加えておけば、字で書いた文章に句読点（、。）が打ってあっても、いちいちそこで休むことはない。特に句点（、）はそんなことをしたら読みがブツブツになる。

だからこの文章は一気に読み下《くだ》していっこうかまわない。

ところが「未婚の母」という言葉の前で、一瞬、間《マ》を置く一群の人がいた。全員歳の上の女の人たちである。若い人は絶対間《マ》を置かない。一線は判然としている。

目で（黙読で）読んだのでは絶対わからない。平成の世の中になっても「未婚の母」という言葉に、なんらかの拒否反応に近いものを覚える人はいるのである。

もっと興味深いのが、大体この一線は、昭和四十年代までに高校教育を終えた人たちに現れることだろう。つまりはその人たちの親が戦後生れかどうかがキーなのだ。

意識的なものでもない、教えられたものでもない。これは時代なのだ。

言葉でもそうなのだから（これはほんの一例だが）、向田邦子の読まれ方は〈時代によって〉ずいぶん違っているはずだ。非常に複雑な〈相《そう》〉で違っているはずだ。

4　幻影としての家族

『岸辺のアルバム』の印象的な場面

向田邦子がその人格を形成した時代――戦時中と終戦直後の日本の世相――このことはこの本の中核だからだいぶくわしくかいた。放送ライターとして成功し、さらにエッセイ、小説と文芸の世界に進出した彼女の背中を押した世相――これも書いた。

一足跳びに、現代――すっかり家族も家庭も無くなってしまったように見える現在――に跳びたい。

いま急に思い出したのだが、ぼくが山田太一さんの『岸辺のアルバム』を演出した時、いちばん印象的だったのは（あの洪水で流された我が家の屋根だけ残ったその上での〈一家の再集合《リ・ユニオン》〉もそうだが、もっと強烈なのは）二人の子供（若き日の中田喜子と国広富之、大学生と受験生という設定だった）が一人ずつ自分の部屋を持ち、その部屋に鍵がかかることだった。

あれは何年前だろう。昭和五十二年だ。向田邦子が散文を書き始めた時。しかし、よく覚えて置いてもらいたい。子どもたちが個室に、それも鍵がかかる個室に一人ずついるなんてことは、これ以前のホームドラマにはほぼない。

これ以後はもう〈個〉の時代だ。家庭も家族も、砂の城のように崩れてゆく。核家族どころか〈単身家族〉という摩訶不思議な言葉さえ生れる。

その中心で向田邦子は〈家族と家庭〉を描く作家として注目され、ある意味熱狂的な支持を集める。

はっきり言っておきたいのだが、昭和が過ぎ平成に至って〈家族・家庭は幻影と化した〉。このことに誰が異論を唱《とな》えられるだろう。

もう一つだけ作品を紹介する。

名作『眠り人形』が描いた〈家族〉

『眠り人形』は向田邦子の本当に数少ない〈一時間単発〉のテレビドラマで、東芝日曜劇場の第一〇七三回作品として昭和五十二年七月三日に放送された。日曜劇場のプロデューサーである石井ふく子さんが「やっと、やっと書いてくれたわよ」と満面の笑みで「VTR録画の日、二週ばかりサバ読んどいたから、ほらこの通り、全篇揃ってるわ」。

たしかに珍しい。向田ドラマを丸ごと、稽古前に読めたのは、後にも先にも他に記憶がない。この大プロデューサーをしても、嘘をつかなければ、こんなことは出来なかった。

しかし、この時のオン・エアーよりも、その後の再放送のときのほうが、ずっと記憶に焼きついている。

向田さんのあの事故死の直後、急遽《きゅうきょ》設定された追悼番組としてこのドラマが放送されたからだ。石井Pと演出を担当したぼく、姉の三輪子を演じた加藤治子、妹の真佐子の長山藍子のお二人が出席して故人を偲《しの》ぶ座談会をドラマの後に付けた。

自分で演出しておいて、と思われるかもしれないが〈名作〉といってもいい。こんな筋《プロット》だ。

ト書きでは三輪子（45）真佐子（38）と記されている。二人の上に長男の周一（52）がいて家を継いでいる。といっても、サラリーマンである。放送当時の感覚でいえば定年間近で大した出世もしてないが親が建てたと覚しい一軒家に住んで、一人娘の結婚が間近という設定（船越英二さんがいかにも総領の甚六の人のよさで、この三人の兄姉妹は絶品だった）。

女二人のほうは実はちょっと修羅場なのである。ちょっとどころではない、三輪子のほうは夫が会社の金を費《つか》い込んで、どうしようもなくなりどこかで心中でもしようかと思って――、妹の真佐子のほうは旦那がスーパーのチェーン店をやって羽振りはいいのだが、もともと性分《しょうぶん》が合わない。もっと芸術家肌の人といっしょになりたかったのだ。相手の浮気がバレたのを機に正式に別れちまおうと――。この二人が実家を訪ねてカチ合うところから始まるドラマは……。

シチュエーションを書いただけで、お得意のパターンだとわかる。

なかなか費い込みのことをいい出せなかった三輪子が藁《わら》にでもすがるつもりで打ち明け、いくらだといわれて、仏壇の前の三輪子が、

リンを一つ叩いて周一の顔を見る。(略)

周一「なんだ百万か(言いかける)」

三輪子、泣き笑いといった顔で、周一の目を見ながらリンを叩く。

周一「二百万……」

三輪子は結局十二回叩き終る。

周一「千二百万……」

三輪子「凄いでしょ(笑っている)」

こう書けばほとんどアチャラカに近いコメディのようだが、凄絶だった。切羽詰《せっぱつ》まって可笑《おか》しいのである。

この笑いが、お中元の配達員に渡す小銭を「ちょっと、拝借《はいしゃく》」と三輪子があけた真佐子のハンドバッグに、店のレジから洗いざらい持ってきた八百万からの現金が入っていたことで、あろ

うことかつい三輪子がそれを数えているところを真佐子が見て……この後が恐るべき芝居で、いきなり三輪子は札を放り出して大の字になり、お腹《なか》を指で押して白目を剝《む》き「アー、アー」と不思議な声を出す。

その直前、姉妹は子供の時の話をしている。すこし長いが引用する。真佐子は三輪子が、自分の大事にしていた眠り人形をとったといっている。

真佐子「七五三のお祝いだったわね。浦和のおばさんに、お姉さん、黒猫のハンドバッグでさ、あたしが眠り人形もらったの覚えてないの?」
周一「そんなの、あったか?」
三輪子「黒猫のハンドバッグ、黒猫のあッ! ビロードの、しっぽのついた」
真佐子「背中にチャックついてさ」
三輪子「うん! 目ンとこに赤いガラス玉が、埋まってる」
真佐子「夜なんか光るの」
(略)
真佐子「目玉がブラ下ってシッポがとれたら、お姉さん、あれ、あたしにくれて、眠り人形ととりかえちゃったのよ」
(略)

真佐子「覚えてないかなあ、これくらいの日本人形で――」
三輪子「ここンとこ（おでこ）カパッとのりのついたおかっぱの――」
真佐子「そうよ。赤い麻の葉の着物着てたのよ」
三輪子「まっ白い顔して、ちょっと口あいて、横にすると、キロンて音して、目つぶるのよ」
真佐子「そうよ。下から、キロン、マブタが上るのよ」
三輪子「あれ、死んでるみたいで、ちょっとこわかったなあ。おなかンとこに、このくらいの
――あれなんての、オヘソ？」
真佐子「笛よ、笛が入ってて――押すと」
　二人、自分のみぞおちを押して白目を出す。（略）
二人「アー」

つまり、妹のバッグを開けて中の札を数えているところを見られた三輪子は死んで見せたのである。これ以後、眠り人形ばかりでなく、姉が妹の〈大事なもの〉を一つずつ奪っていった幼少時のことが、傷口のかさぶたを少しずつ剝ぐようにむき出しにされてゆく。いや幼少時ばかりではない。二人が青春の時期に入っても、それは繰り返される。

どの家庭にも〈恥〉がある

〈家庭〉という語は中国由来のおそろしく旧い言葉だが、彼《か》の地の家は内庭をぐるり囲んで建てられるのが古くからの習慣で、この庭は家から出る塵芥《ちりあくた》、汚物の捨てどころでもあるのだ。だから家庭とは他人の目から隠しておくべきところであり、家庭の出来事とはイコール〈恥〉と同義語になる。

三輪子・真佐子の平凡なその家庭にも、その〈恥〉があることがすぐにわかってくる。このあたりの筆の容赦のなさ、冷厳なことといったらない（あの向田邦子の少女時代の性格はその意味で一貫しているのだ）。

この無慈悲なほどの剔抉《てっけつ》ぶりが実は全作品にわたって存在していることに、向田ファンは気づいているはずだ。そしてこれこそが彼女の作品を、家庭が既に死に絶えている平成の今日まで、生き長らえさせている大きな要因なのだ。向田邦子の描く家庭は本物なのだ、と。いまの読者だって必ずそう思うだけのリアリズムをどの作品も持っている。

同時に〈家族の無力さ〉もはっきり書く。三輪子の夫の借金について、兄の（家長といってもいい）周一はまったく無力である（だから家長《ブレッドウイナー》は嫌だという総領恐怖のことは前に書いた）。彼女のどの作品をとっても、家族がこの意味で強力で頼りになる助《すけ》っ人《と》だったことはない。

このことも現代の私たちにとって、向田作品の〈真実さ〉を担保する。自己責任、自己責任と繰り返される今日、家族・親族の無力さは皆がイヤというほど知っている。

セピア色の家族に込めた思い

『眠り人形』はこの後に続く向田邦子の傑作の森の序曲のようなもので、彼女の（特に後期）作品のエッセンスがここにある。

——で、このドラマは当然のように、後半に〈家族の和解、家族の力〉の部分がある。ここは巧緻《こうち》をきわめている。姉妹が眠り人形や黒猫のハンドバッグを媒介に幼少時の（こちらは甘美な）記憶に浸《ひた》りながら関係を回復してゆく。向田好みの、さまざまな記憶を呼び起す小道具、渦巻もようの小皿、「四つ葉のクローバー」といった女学生愛唱歌（三つの葉は希望・信仰・愛情のしるし、残る一葉《ひとは》は幸《さち》——この歌詞が効果的）、「ひがみ」という字どう書くんだっけ、ヤマイダレに——ニンベンに、カベっていう字の土がないのよ。といったやりとり（姉妹の今の境遇の暗喩《あんゆ》）……これらがちりばめられて、なんともいえない豊かさ、楽しさ、そして説得力がある。白状するが、演出家としてはヨミが足らなかった。

このノスタルジックな〈家族の回復〉はとても心地良いけれども、それはやはり過去の話、セピア色の写真の中の家族、いわば幻影を描いているのだ、この幻影はやはり時間の経過と共に日本から消えてゆく種類のものだろうと思って演出していた。

一見して、日本の社会はそうなってゆくように見えた。家族は〈昔の夢〉と化したように見えた。

しかし、〈幻影は時として現実より強いことがある〉これを忘れていた。気づかせてくれたのは、あの東日本大震災である。地震・津波で何一つ無くなった見渡すかぎりの瓦礫《がれき》の山の中で、人々が必死に探していたのは、まず第一に〈家族の集合写真〉だった。幻影の家族でも、いや幻影だからこそ、家族はそのイメージだけでも我々の生きる希望になる。

〈先見《せんけん》の人〉である向田邦子は、だから平気でセピア色の、幻影の、つまり過去の昭和の家族を家庭を描き続けた。そのほうが、乗り越えられないような国難に面した時に（ひょっとして現実の家族・家庭よりも）、私たちの〈力〉になる。この人生の達人はそのことをよく知っていた。

この向田邦子の〈先見性〉で、この本を結ぶことにしよう。

あとがき

作品は、作家の死後どのくらい生き延びるものだろうか。

漱石は百年近く生き延びている（もっとも『坊っちゃん』だけだと皮肉混じりにいう人もいる）。鷗外はというと、これは怪しい。芥川だって、ずいぶんと読まれていないもののほうが多い。

百年に一人、二人という大文豪ですらこれだから、作品の寿命は思ったより短いものだ。近年物故した作家を思い浮べてみると否応《いやおう》なしにわかる。

その中で向田邦子はかなり驚異的な例外なこともすぐわかる。死後これだけ愛されている作家も珍しい。

どうしてかということになると、通《とお》り相場《そうば》は「日本の家庭、日本人の家族を名文の日本語で書いた」から——となる。たしかにそうには違いない。家族と家庭を素材にした——これが彼女の長く続く人気のもとであることは間違いない。

しかし最近はこれが「美しく、温かく、なつかしい日本の家庭・家族を書いた」と、どうしてかなってしまっているような気がしてならない。

こうした評価が定着するのは、ひどく困る。これでは彼女はどんどん〈昔の作家〉になってしまう。作品の寿命は短くなる一方だ。本当はもっといきいきと、アクチュアルな作家なのだ。決して〈懐旧の人〉ではない。

どうも大きな原因は、彼女の作品が〈本当には読まれていない〉らしいことにある。惜しまれる死のことを含めて、向田邦子のライフスタイル自体が人々の興味と好意の対象になった。それは如何《いか》にも日本人らしい美徳に満ちたもので、人々が彼女のその部分を愛したのは、彼女にとっては（多くの読者を獲得したという意味でも）幸福なことだったが、同時に作品がある色眼鏡で見られることにもなった。

この色眼鏡を外《はず》してもらいたいことが、この本を書いた大きな動機だった。彼女は〈美しく、温かく、なつかしい〉ものを書いたわけではない。ただ家族・家庭というものの〈真実〉を書いたのだ。

向田邦子の読まれ方には、一つの欠陥、あるいは盲点があるのではないか。

それは彼女を〈時代〉の中に置いて見ないことだ。読者は向田邦子の輝かしい個性は見るが、その背景にある時代を見ようとしない。彼女の中には、戦争中から戦後何十年を経た日本の〈時代〉が層になって判然とある。

ふつう、時代が個性を育てるというが、向田邦子の場合は正しくは〈時代が彼女を刺激した〉というべきだろう。時代は彼女の〈動機《モチベーション》〉になった。

例えば『あ・うん』の時代設定は戦時中であるといったように、作品の中の時代は批評の対象になるけれども〈作品が書かれた時代、向田邦子がそこで生き、こんなものを書きたいと思った時代〉のことはとりあげられない（作品の中の時代のことだって、ちゃんとした解説つきで読めることが少ないのは、空襲の描写一つ取ってみてもわかる）。

こんなおかしなことはない。これもこの本を書いた動機の一つ。

――とこう書いて来て、つくづく「あとがき」は難しい、これだけで精《せい》も根《こん》も尽きた。だいいち、これまでキチンとした「あとがき」を書いたことがない。今回も何とか逃げようとしたのだが、編集子はこういう。「あとがきから読む人もいるんだから、書きなさい」。

なるほど自分でも覚えがあるから仕方なく書き始めたのだが、どうもこれでは「前書き」みたいだ。「あとがき」を嫌がるのは、出来上ったテレビドラマなり舞台を観ていただいた後に「あの作品の演出意図は……」と説明するようで演出家としては恥ずかしいのだ。

しかし、本文を書くのはとても楽しかった。大好きなミステリーの、謎があって、証拠を見つけ出して、それを解くという手法で書くことが出来たからだ。探偵が謎を解くといった、この種の本にしては不思議なタイトルを付けたのも、そのためだと許していただきたい。

〈証拠〉なるものは、すべて彼女の作品の中にある。精読すれば必ず見つかる。たいていは〈片言隻句《へんげんせきく》〉であり、一見話の本筋とは無関係に見える細部《ディテール》が重要な証拠になる。細部《ディテール》は向田さんがもっとも大事にし、また得意としたところだった。そこから証拠をひろい上げるのは、たまらない愉悦だった。

やれやれ、やっと〈向田さん〉と、昔のように呼びかけることが出来た。向田邦子とすこし他人行儀に書かないとこういう本にはならない。最後でやっと肩の力が抜けた。

それにしても、近刊の『向田邦子全集・新版及び別冊』(文藝春秋社)、そして『向田邦子シナリオ集』(岩波現代文庫)がなければ、この本は書けなかった。そして詳細な年表・資料も本当に有難かった。

ぜひもっと多くの人に向田さんの作品を読んでもらいたい。単なる評判でなく実物を見てもらいたい。そう思って書いた。全集・シナリオ集の出版はさぞや大変だったろうと思う。いくら感謝してもし足りない。

大変といえば、この無精《ぶしょう》なぼくにこれだけの量の原稿を書かせるのが、まず大変だったはずで、いそっぷ社の首藤さんには本当にお世話になった。

なんとなく「あとがき」っぽくなって来たところで——。

著者●鴨下信一（かもした・しんいち）
1935年、東京生まれ。演出家。58年東京大学文学部卒業後、TBSに入社。演出したドラマ番組には『岸辺のアルバム』『想い出づくり』『ふぞろいの林檎たち』『高校教師』など、歴史に残る名番組が多い。向田邦子とは『寺内貫太郎一家』はじめ『幸福』『眠り人形』などでコンビを組んでいる。
一方で『忘れられた名文たち』1・2（文藝春秋）で代表されるように、該博な知識と豊富な読書体験に支えられた〈名文指南〉にも定評がある。他の著書に『誰も「戦後」を覚えていない』シリーズ（文春新書）や『面白すぎる日記たち』（文春新書）、『日本語の学校』（平凡社新書）など。

名文探偵、向田邦子の謎を解く

二〇一一年七月十五日　第一刷発行

著者　鴨下信一
発行者　首藤知哉
発行所　株式会社いそっぷ社
〒一四六—〇〇八五
東京都大田区久が原五—五—九
電話　〇三（三七五四）八一一九
印刷・製本　シナノ印刷株式会社

ISBN978-4-900963-52-8　C0095
定価はカバーに表示してあります。